富豪の無慈悲な結婚条件

マヤ・ブレイク 作
森　未朝 訳

ハーレクイン・ロマンス
東京・ロンドン・トロント・パリ・ニューヨーク・アムステルダム
ハンブルク・ストックホルム・ミラノ・シドニー・マドリッド・ワルシャワ
ブダペスト・リオデジャネイロ・ルクセンブルク・フリブール・ムンバイ

GREEK PREGNANCY CLAUSE

by Maya Blake

Published by Harlequin Japan,
a Division of K.K. HarperCollins Japan, 2024

マヤ・ブレイク

イギリスの作家。妻であり 2 人の子どもの母でもある彼女がロマンス小説の虜になったのは、13 歳のとき。姉から借りた 1 冊のハーレクインがきっかけだった。そんな彼女にとって、ハーレクイン社でのデビューは夢のようだったと語る。執筆に没頭していないときは、旅行や X が好きだという。

主要登場人物

オデッサ・サンテッラ……………資産家の娘。
エリオ・サンテッラ………………オデッサの父親。故人。
ヴィンチェンツォ・バルトレッリ……オデッサの父親の仕事仲間。
フラヴィオ・サンテッラ…………オデッサの叔父。
アリストトル・ザネリス…………ザネリス社の社長。愛称アレス。
セルジオス・ザネリス……………アレスの父親。

1

「シニョリーナ」

呼びかけには警告が含まれていた。父親と関係のある人物はたいていそういう口調で話す。

葬儀はあと数分で始まる。父が他界したことは問題ではない。問題は、私が父から解放される日は決して来ないということだ。父はいまだに私の人生を綿密かつ残酷に支配しているのだから。

オデッサはあきらめて一歩下がり、さらにまた一歩下がった。そして黒いパンプスに足を戻した。風がやみ、黒いワンピースがひどく重く感じられる。自分にのしかかる運命のように。

父エリオ・サンテッラが病に倒れたとき、これで自由になれると思った。

なんて愚かだったのだろう！

百メートルほど先で二十人ほどの関係者がオデッサが近づいてくるのを見守っていた。その目は、彼女が一族の問題児になるのか、それとも一族の他の

親を亡くすには最高の日だ。

オデッサ・サンテッラはそんな冒涜《ぼうとく》的な思いを抱きながら潮風を肺いっぱいに吸いこみ、太陽に顔を向けて、そのぬくもりが自分の凍りついた心を温めてくれるよう祈った。素足の爪先を小石に食いこませると、そのごつごつした感触がかえって心地よかった。

この記念すべき日を記憶に刻むため、オデッサは閉じていた目を開け、海面に反射する光を見つめた。

本当に最高の日だ。

そのとき、背後で大きな咳《せき》払いが聞こえ、彼女の平穏は打ち砕かれた。

女性たちと同じように自分の立場をわきまえるのか見極めようとしている。

中でもある男の目がオデッサの肌をぞくりとさせた。煤《すす》のように黒く、毒蛇のように恐ろしい目が。

ヴィンチェンツォ・バルトレッリは、オデッサが二十一歳になったとたん、魂胆をあらわにした。この七年間、オデッサがヴィンチェンツォの求婚から逃れられたのは、一連の不始末によって彼が父親のお気に入りでなくなったからに他ならない。

一週間前に父親が亡くなってから、父親より年上のこの男は、オデッサと目が合うたびに舌なめずりをしていた。

もし叔父のフラヴィオが三十年前にここサルデーニャ島アルゲーロの海岸沿いに建てられたサンテッラ邸の筆頭相続人でなければ、ヴィンチェンツォがさっさと越してきていただろう。父親が城と呼んでいた大邸宅はオデッサには牢獄《ろうごく》でしかなかったが。

自分が恐れている展開は妄想にすぎないというしるしがないかと、オデッサは叔父を見やった。だが、一同を待たせたことを叱責するような厳しい視線がそんな希望を打ち砕いた。彼女は唇をとがらせ、顎を上げて、わざと歩みをゆるめた。

こういう反抗的な態度が罰を受けるのは間違いないが、オデッサは言葉による鞭《むち》打ちには慣れていた。聞き流すすべを身につけたからだ。魂が萎縮して死んでしまうのを防ぐために。

オデッサは生きている二人の暴君の間に立ち、死んだ暴君がおさめられた棺《ひつぎ》を見おろした。

この数カ月間、父親はますます辛辣で横暴になっていた。病が末期だとわかり、死に直面しながらも、安らかに逝こうとはしなかった。運命と、自分の一メートル以内に近づくすべての者を呪い、五十年間愛飲してきた高価な葉巻以外のすべてのものに悪態をついた。

オデッサは司祭が唱える救済の言葉に耳を傾けながら唇をゆがめた。長い間自分を苦しめてきた男の冥福を祈る気になれず、母親があの世で父親を地獄に突き落としてくれることを願った。

参列者のささやき声が耳に入り、オデッサは物思いから覚めた。

「あれは本当にやつなのか?」

「まさかこんなところに現れるとは……」

「あの男が今、どれほど力をつけているか知っているか?」

オデッサは恐怖に胸を締めつけられ、父親の棺から目をそらした。どんな災難がこの身に迫っているのだろう? サンテッラ一族には最悪のシナリオがつきものだと、彼女は身をもって知っていた。

参列者の視線を追ううちに司祭の言葉さえもとぎれているのに気づき、流した覚えのない涙をまばたきで払った。

次の瞬間、心臓が完全に止まった。

彼はここで何をしているの?

ここで彼と再会するとは思ってもいなかった。

アリストトル・ザネリス——通称アレス。

最後に会ってから十年の間にアレスは世界を征服し、強大な力を手に入れた。フラヴィオやヴィンチェンツォには及びもつかない力を。その彼が父の葬儀に参列するためにここにいる?

遅ればせながら、オデッサはアレスの横を小柄な男性が歩いているのに気づいた。

セルジオス・ザネリス——アレスの父親だ。二十年間、父エリオの運転手を務めていたが、関節炎と父の冷酷な決断によって引退を余儀なくされた。

「誰があの男を呼んだんだ?」フラヴィオがうなったが、すでに察しはついているらしい。オデッサはこめかみをうがつような鋭い叔父の視線を感じた。

「おまえか?」

「いいえ」オデッサは強く否定しながら、まるでこの土地を所有しているかのように堂々と立つ肩幅の広い男性から目を離すことができなかった。最近のアレスの国際的な不動産王としての地位を考えると、実際そうなのかもしれない。

十年前の二人の別れを思い出すと、悔恨が蔓《つる》のようにオデッサの胸にからみつき、アレスが近づいてくるにつれてきつく締めつけた。それとも、若き日の野望をすべて実現した男性のあまりのすばらしさに圧倒されているのだろうか？

アレス・ザネリスはまさに最上の鋳型から取り出されたような完璧な美貌の男性だった。

「あれは誰だ？」ヴィンチェンツォが詰問した。

フラヴィオは答えず、芝生を横切って予期せぬ参列者のほうに歩み寄った。そして年上のザネリスを完全に無視し、年下のザネリスに手を差し出した。

アレスがその手を握ろうとしないのを見て、オデッサは身をこわばらせた。だが、緊迫の一瞬のあと、フラヴィオがアレスの父親に挨拶し、手を握ると、何かつぶやいた。

アレスがフラヴィオの手を握ったのは、父親との握手が終わってからだった。ほんの二十秒足らずの出来事だったが、そのわずかなやりとりでどちらが優位に立ったかは衝撃的なほど明らかだった。

次の瞬間手首をつかまれ、オデッサは息をのんだ。

「私が話しかけたら答えるんだ、オデッサ」ヴィンチェンツォが彼女の横で命じた。

「放して」オデッサは低くかすれた声で抗議した。痣《あざ》になるほど強く手首を握られ、振り払おうとしたが、ヴィンチェンツォはさらに力をこめただけだった。もう一度抗議しようとしたとき、アレスが彼女の隣にやってきて、その堂々とした体で太陽の光をさえぎった。

「彼女を放せ」

凶暴な獣のうなり声を思わせる命令に、オデッサのうなじの毛が逆立った。その荒々しい響きにおじけづいたのか、ヴィンチェンツォが目を見開き、すぐに従った。

アレスが視線をオデッサに向けた。

オデッサはひりひりする手首をさすりながら、顔を上に向けた。彼はこんなに背が高かったかしら。ようやく冷ややかなはしばみ色の瞳にたどり着いたが、かつて感情を読み取ることができたその目は今では暗く不可解で、ただこちらを見つめているだけだった。

さよならも告げずに去った場所に戻ってきたアレスを前にして緊張と警戒心が混じり合い、オデッサは咳払いをした。「あの……アレス……来てくれてありがとう」自分の言葉に温かみがなく、疑念に満ちていることがいやでも意識された。

「君が礼を言うのは僕じゃない」アレスが時の流れとともに深みを増した声で応じた。

オデッサがその意味を尋ねる前に、セルジオスが歩み寄った。

「オデッサ、会えてうれしいよ」老人がオデッサの手を握った。「お父上は寛大にも二十年以上も私を雇ってくれた。その恩は決して忘れない」

父親の言葉にアレスが顎をこわばらせるのを見て、オデッサは妙な失望を覚えた。父親がどうしてもと言い張ったから、アレスは来たくもない葬儀にやってきたのだろう。

今や強大な権力と影響力を持つアレスは、マスコミとソーシャルメディア双方にとって格好のねたとなっていた。だからオデッサは彼が独身だと知っていた。アレスの恋愛がいつもほんの数カ月しか続かず、一国の王女や女優やスーパーモデルたちが彼の最新の恋人になるチャンスを求めて列をなしては、あっという間に次々捨てられているのも。

アレスの人生において不変の存在は彼の父親だけだ。

五年前、父子がカリフォルニアで危うく命を落とすところだった自動車事故の記事を読んだときには、負傷したセルジオスと三週間もの間昏睡《こんすい》状態にあったアレスのために、毎朝日が昇るたびにサンテッラ邸の敷地内にある小さな礼拝堂に行き、祈りを捧《ささ》げた。

重苦しい沈黙の中、アレスのレーザー光線のように鋭い視線を感じながら、オデッサは小さくほほえんだ。「来てくれてうれしいわ、ミスター・ザネリス」心からそう思っていた。サンテッラ一族の次期当主になるために、自分をはじめとする他の親族たちをなぎ倒そうとする邪悪な男たちがひしめく中にいると、セルジオスがすがられずにいられない慰めに思えた。

アレスがその言葉の真偽を確かめるかのようにオデッサの顔を見すえた。

司祭が咳払いをしたのを機にオデッサはアレスから目をそらした。もう一度、父の棺と向き合うためだ。アレスがヴィンチェンツォの左側につき、フラヴィオの右側にアレスの父親がついた。

礼拝が再開された。叔父とヴィンチェンツォがそれぞれ探るようにこちらを見ている三十分の間に、オデッサはこの状況から逃れる手立てを考えた。

フラヴィオの表情には見覚えがあった。父親や一族の顔、父親の仲間たちの顔に浮かんでいたのと同じ表情だ。

憤り、非難、憎しみ。

アレスの目には別のものが映っていた。とうの昔に失われたと思っていた感情の名残が。

欲望だ。

アレスに置き去りにされたと思ったあの運命の夜、自分はまさに欲望を抱いていたのに気づき、オデッサは不安と恥辱に駆られた。ここはそのようなことを思い出す場ではないが、すぐ近くにいる彼のオーラや、雷雨といぶした木を思わせる香りはエロチックで拒みがたかった。

そして、さっきアレスの目に映っていたものが見間違いでなかったとしたら……。

見間違いのはずがないわ。

司祭が礼拝を終えると、オデッサは震える息を吸いこんだ。献花の中から白い薔薇《ばら》を抜き取って棺に投げ入れ、父親の死ではなく、父親が生涯娘に与えられなかったものを悼みながら、心の底から何かを変える必要があると感じていた。

このままフラヴィオとヴィンチェンツォに縛られていたら、私は私でなくなってしまう。でも、ただ逃げ出すだけではうまくいかないだろう。

思いきった行動に出なくては。フラヴィオもヴィンチェンツォも追ってこられないよう、渡ってきた橋を焼き払うくらいの覚悟が必要だ。もし中途半端な気持ちでいたら……。

震えが背筋を走ったのに気づいたのか、アレスの鋭い視線がこちらに向けられた。

恐ろしい考えを脇に押しやり、周囲に目をやると、参列者がゆっくりと散っていくところだった。

背後に別の存在を感じ、オデッサは肩越しに振り返った。フラヴィオが立っていたが、彼の視線はアレスにそそがれていた。

「ザネリス、このあとサンテッラ邸で追悼会がある。出てもらえるとありがたいが……」フラヴィオが儀礼的にアレスに話しかけた。

まず父親に声をかけなかったことにアレスが顔をこわばらせ、相変わらずオデッサを見つめたまま応じた。「オデッサがそう望むなら」その口調には、子供時代のほとんどをイタリアで過ごしたにもかかわらずわずかにギリシア語のアクセントが残っていて、オデッサの下腹部を締めつけた。

しかし、アレスの目は彼女に拒むよう告げていた。アレスは追悼会に出たくないのだろう。でも、私を恨むのはお門違いだ。あのときああしたのは彼を守るためだったのだから……。

アレスは私の最後の頼みの綱だ。今どんなによそよそしく見えても、あのころの気さくなアレスを忘れられない。星空の下で彼が私に誓いの言葉をささやいたことを。

アレスを行かせるわけにはいかない。今はまだ。

「ぜひ出てもらいたいわ」オデッサは叔父を無視してセルジオスのほうを向いた。「時間があればだけど、セルジオス?」

オデッサはかつてセルジオスがそそいでくれていた愛情につけこんで危険な賭けをしようとしていた。目の端でちらりとアレスを見ると、彼は狙いを見透かしたように目を細くしていた。それでも、オデッサは頑固に彼の父親から目をそらさなかった。

「もちろんだよ、オデッサ」セルジオスが答え、腕を差し出した。

オデッサはほっとしてセルジオスの腕に腕をからませ、物心ついたときから牢獄でしかなかった邸宅に向かって丘を登りはじめた。

近くまで来ると、堂々としたサンテッラ邸の正面《ファサード》を改めて眺めた。窓の周囲を這《は》う蔓はこれほど密生し、建物を窒息させそうにしていただろうか? この家が私を窒息させそうにしているのと同じく。分厚い防弾ガラスの窓にかかったカーテンはこんなに陰気だっただろうか? もちろん、何もかも昔からいっさい変えられてはいない。使用人たちは恐怖によって支配されていて、勝手な判断や落ち度は厳しく罰せられることを知っていた。

たとえば、隣を歩いているやさしい男性は、関節炎を患ったとたん解雇された。セルジオスがサンテッラ邸を去ったあと何カ月もオデッサはふさぎこんでいた。

反対側の隣にはアレスが悠然と歩いている。オデッサが自由を手に入れるために利用しようとしている男性が……。

この先に待ち受ける危険を思い、一瞬足取りが乱れたオデッサは、セルジオスの驚くほど力強い手に支えられた。

「今は乗り越えられないと思えても、喪失感はきっとやわらぐよ」オデッサがよろめいたのは悲しみのせいだと勘違いしてセルジオスが言った。「決して消えることはないが、折り合っていけるようになるだろう」

横暴だった父親を少しも悼んでいない自分が慰めを受けるのは、詐欺のように思えた。うまく逃げ出せさえすれば、二度とこの呪われた土地に足を踏み入れることはないだろう。

一行は邸宅に入り、大広間に向かった。父親がセルジオスに年老いた役立たずにはもう用はないと言い放ったのも、オデッサにアレス・ザネリスとは二度と口をきくなと命じたのもこの大広間だった。

ほんの数カ月前、オデッサはやはりここで父親から、権力をいっそう盤石にするために、父親よりも年上のヴィンチェンツォ・バルトレッリと結婚するよう告げられた。

オデッサは必要なとき以外は大広間を避けていた。濃い緑色の家具は堅苦しく居心地が悪かったし、部屋に漂う葉巻の香りは不快だった。ここは男たちが女たちについて計画を立て、女たちを従わせるべく画策する部屋だった。

オデッサは飲み物のトレイを差し出すメイドの一人に礼を言い、ミネラルウォーターを選んだ。ふだんからめったにアルコールは飲まないし、飲むとすれば、断ると父親にいやな顔をされるパーティのときに限られていた。

オデッサの視線がアレスにそそがれた。私の十七回目の誕生日の夜、父親のドンペリニヨンのボトルを盗んで真夜中に家をこっそり抜け出したことを、彼は覚えているだろうか。すぐ下は荒れた海という崖っ縁の草の上に二人で寝ころび、星の天蓋の下で手をつないで、お互いの夢や望みを打ち明け合ったことを。

もしもあのとき……。アレスも一瞬でもそう考えたことがあるだろうか。

「痛むのか？」

オデッサは我に返り、アレスの視線を追って、ヴィンチェンツォにつかまれた手首の赤い跡を見やった。この悪夢から抜け出す方法を見つけなければ、過酷な運命を受け入れるしかなくなる。

「あの……それほどでも」

アレスの顔が陰り、はしばみ色の瞳がブロンズ色に変わった。「痛むのか、痛まないのか、どっちなんだ？」彼が声を荒らげて尋ねた。

「わかったわ、まだちょっと痛むの」オデッサはつぶやき、自分たちが周囲の視線を集めているのを意識した。中でもヴィンチェンツォは食い入るように見つめている。やがて彼が近づいてくると、オデッサは緊張した。パニックを起こしそうになりながらアレスのほうを向く。「少し話せる？」

漆黒の眉が片方だけ上がった。「僕たちになんの話があるというんだ？　ここにいるのは――」

「あなたのお父さんのためよね。私と話したくないのはわかるけど……」オデッサは唾をのみこんだ。悪夢から逃れるために、一度自分の人生から姿を消したこの男性にすがるべきかどうかわからなかった。だが、時間という名の砂は考えている間にも指をすり抜けていく。アレスは悪魔かもしれないけれど、この時点では二人の悪魔のうちましなほうだ。「お願い」彼女はささやいた。「大事なことなの」

好奇心と非難と疑念が入りまじった表情がアレスの顔をよぎり、オデッサは胸が締めつけられた。

「君には大事なことかもしれないが、僕にとっては違う」彼の視線が、オデッサが生まれるずっと前からサンテッラ邸にいる執事と話している父親にそそがれた。「ここに長居するつもりはない」

「オデッサ、少し時間をもらえないか？」ヴィンチェンツォが厳しい口調で割りこんだ。

オデッサは絶望に駆られた。これからどうなるかはわかっている。この一週間、ヴィンチェンツォとフラヴィオが密会しているのを何度か目撃していたからだ。そこでアレスに懇願のまなざしを向けた。しかし、アレスは無言だった。

全身の神経がぼろぼろになりかけたオデッサは、ヴィンチェンツォを公然と拒むことで自分の運命を変えるしかないと覚悟を決めた。するとそのとき、アレスが厳しい口調で言った。「ちょっと待ってください。オデッサは手首を痛めている。すぐに手当てが必要だ。申し訳ありませんが……」

ヴィンチェンツォがさっきつかんだオデッサの手首に視線を落とし、口を開きかけた。弁解するためにせよ、アレスの言葉を拒むためにせよ、彼にそのチャンスは与えられなかった。

「行こうか」

オデッサがうなずくと、アレスが彼女の肘に手を添え、一番近いドアへと導いた。

安堵《あんど》で足取りが軽くなったのは、現実がのみこめるまでだった。逃げ道は見つかったけれど、自由の身になれたわけではない。まだ登らなければならない山がある。

だが、一度は自分のものになると思った男性のかたわらを歩きながら、オデッサはもう後戻りはできないと悟った。ヴィンチェンツォ・バルトレッツリとの結婚は絶対にありえない。

この作戦がうまくいかなければ、違う道を探すしかないだろう。また別の男に支配されて生きるくらいなら、死んだほうがましだ。

十年間この邸宅に足を踏み入れておらず、以前でさえ中に入ることはめったに許されなかったのに、アレスは迷わず長い廊下を進み、父親の書斎を通り過ぎて小さな図書室に入った。

サンテッラ邸のほとんどの部屋とは違って、なんの変哲もない簡素な部屋だった。母親がこの部屋を好んだのは、父親がここに最もお金をかけなかったからに違いない。

母親の死後、父親がこの部屋を自分好みの派手な内装に変えてしまうのではないかと恐れていたが、どういうわけか改装されることはなかった。図書室はオデッサのお気に入りの部屋となり、母を最も身近に感じる場所となった。

だからアレスは私をここへ連れてきたのだろうか？　私のお気に入りだと覚えていた？

だが本棚に背を向け、腕組みをしてこちらを見ているようすから、覚えていないとわかった。

「時間を取ってくれてありがとう」オデッサは咳払いをした。彼は私のとんでもないプロポーズを受け入れてくれるだろうか？「私……」

「用件をさっさと言ってくれ。暇なわけじゃないんだ」

反感がこみあげ、オデッサは顎を上げた。「あなたの助けが必要なの」

アレスは長い間、まばたきもせずにオデッサを見つめてから言った。「僕に何か頼む権利があるというのは君の思いこみだ。僕が君を助けたいと思うかどうかだよ」

アレスの辛辣な言葉に、オデッサはひるんだ。すると、プライドの最後のひとかけらが彼女に、頭を高く掲げてここから立ち去り、襲いかかる運命と別の方法で戦えと叫んだ。

しかし、先ほどのアレスのヴィンチェンツォへの態度を思うと、彼に希望を託したい気持ちは捨てられなかった。「必要があるから頼んでいるのよ。それにあなたは……」私に借りがあると言いそうになったが、アレスの身の安全を守るために自分がしたことを思い出し、唇を噛《か》んだ。

「僕がなんだって?」アレスが眉根を寄せて尋ねた。オデッサはかぶりを振り、父親の運転手の息子とつき合ったというだけで自分が背負わされた不名誉の烙印《らくいん》を記憶から締め出した。「なんでもないわ」

今は過去の出来事を思い返したくない。自分の未来がこれほど暗澹《あんたん》たるものに思えているときには。

「三十秒やる。三十秒たったら僕は出ていく」アレスが警告した。

今のアレスなら言ったとおりにするだろう。昔の彼とは別人のようだ。それとも、本当に別人になってしまったのだろうか?

刻々と時間が過ぎ、アレスの眉がゆっくりと弧を描いた。せっかくのチャンスをみすみす逃そうとしている相手にあきれているかのように。

やるか、やらないか。

最後の瞬間、オデッサは深呼吸をすると思いきって言った。「父の追悼会が終わる前に、ヴィンチェンツォ・バルトレッリが私との婚約を発表することになっているの。彼と結婚するくらいなら、裸でエトナ山の火口に飛びこんだほうがまし。だから、先回りしてあなたと結婚すると発表したいの。その代わり……」

ああ、私は本気で言っているの?

「その代わり《ディオ》、あなたが欲しいものはなんでもあげるわ」

2

アレスが笑いださなかったのは、常に自分の感情を厳しくコントロールしているからだった。それでも、彼の一部は嘲笑し、別の部分は激怒していた。

かつて劇的なプロポーズをするのは自分だと夢見ていた。今にして思えば、幸運にも災難から逃げおおせたのだとわかる。だが、狂おしいほど魅力的になった彼女を見て、アレスの胸はざわついていた。

運転手の息子の分際では入ることを許されなかった大広間に戻り、もう帰ろうと父に言い張るべきだった。僕はオデッサの必死な訴えにほだされてここにとどまっているのだろうか？　それとも、彼女が陥っている苦境を嘲笑《あざわら》うためか？

〝その代わり、あなたが欲しいものはなんでもあげるわ〟

その言葉が呼び起こした記憶のせいで、アレスはさらに自分を憎んだ。

彼女を手に入れろ。そのあとで立ち去れ。一顧だにせず。

そんなことをしたら、心底軽蔑している連中と同じレベルまで自分を貶《おとし》めることにならないか？　オデッサの父親や叔父やあのヴィンチェンツォのような欲にまみれた冷酷な男たちと同じレベルまで。

「聞こえたでしょう？」オデッサが唇をすぼめたので、アレスの視線はそこに引き寄せられた。

その唇の主はかつてアレスを裏切り、何事もなかったように彼を追い払った。

「何か言って」いつまでも黙っているアレスにオデッサがしびれを切らした。

「本気なのか？」

オデッサが美しい目をしばたたいた。「どういう意味?」

「本当に何か言ってほしいのか? 君が望む返事を僕が口にしない可能性は高いぞ」

オデッサが唾をのみこむと、アレスの視線は今度は喉に引き寄せられた。白くなめらかな首筋は誘いをかけるようだ。

欲望に引きずられてまた裏切りに満ちた悲惨な道に戻るのか? 断じていやだ。アレスは腹に力をこめた。

オデッサの顎がさらに上がった。おそらくそのしぐさに挑発されたのだろう。彼女がプライドを捨てて自分に降伏するところを見てみたいという衝動が、アレスの決意をゆっくりと揺さぶった。

絶望的な状況に直面してもまだオデッサがプライドを捨てまいとするのを見て、アレスはむしょうにこの挑戦を受けて立ちたくなった。

「ええ、あなたの返事を知りたいの」オデッサがきっぱりと答えた。断れるものなら断ってみなさいと言わんばかりに。

今の状況を考えたら笑うどころではないのに、またしてもアレスは笑いたくなった。だが、そんな気持ちを抑えてにべもなく言った。「それなら、僕の返事はノーだ」

プライドが針で突かれた風船のようにしぼんだのか、オデッサが肩を落とした。顔は青ざめ、唇はきつく結ばれている。アレスが認めたくないほど長い間夢に出てきたサンテッラ一族特有の銀色の瞳が彼を見つめた。アレスはその視線を受けとめ、心を鬼にした。

「わかったわ」

沈黙が下りた。アレスは固唾をのんでいる自分に気づいた。オデッサの反応を待っているのか? 僕を説得するためにもっと必死になってほしいのか?

オデッサがそれ以上何も言わないとわかると、アレスの中に混乱が巻き起こった。僕が最後の頼みの綱じゃなかったのか？

「あの人でなしと結婚したくないなら、当人にはっきりそう言えばいいじゃないか」

オデッサの銀色の瞳の中に火花が散り、唇の端が下がった。「サンテッラ家では何事もそう単純にはいかないことを忘れたの？」

アレスの口の中に苦い味が広がった。忘れてはいない。だが、オデッサはこの城の王女ではなかったか？　いや、それどころか、今は女王なのだろうか？「君の父親はもういない。これからは自分の好きにできるんじゃないのか？」

オデッサが苦々しげに口元をゆがめ、アレスの視線を再び官能的な唇に引き戻した。それは、以前と何も変わっていないことを示す兆候だった。

この女性はいまだにやすやすと僕を引きつけることができる。

「そう思うのがふつうでしょうけど、父は墓の中からでも私の人生を支配しているのよ」

アレスは顎をこわばらせた。権力に貪欲だった冷酷なエリオのことを思い出すと、たちまち不愉快になった。父にひどい仕打ちをしたあの犯罪組織のボスに仕返しできなかったのが悔やまれる。エリオが六十歳の誕生日を迎えるわずか数カ月前に癌《がん》で逝ったと父親から聞かされたとき、アレスは愕然《がくぜん》とした。復讐《ふくしゅう》する時間はまだあると思っていたのだ。

今日ここに来て、オデッサに父親の罪を償わせようという考えが頭をよぎったが、すぐに考え直した。オデッサには彼女自身の罪を償ってもらおう。

〝あなたが欲しいものはなんでもあげるわ〟

その言葉はアレスの欲望を刺激した。自分の欲しいもののためにオデッサに何をさせるかを想像すると、下腹部がこわばった。

そのとき、ドアの外で足音が響いた。

オデッサの視線がドアにそそがれる。彼女の顔に恐怖が浮かぶのを見て、アレスの中に怒りがこみあげた。ヴィンチェンツォのせいに違いない。あの男がオデッサに触れるなんて許せない。

アレスはドアに向かうオデッサの腰に腕を回して引きとめ、もう一方の手で彼女の顎を包んで自分のほうに向けさせた。そして、大広間から連れ出したときと同じく、オデッサの肌の感触に息をのんだ。ああ、彼女はこんなにも柔らかかったのか。アレスと向き合ったオデッサが喉から小さな声をもらした。その声は肌と同じくらい悩ましかった。

「さっき僕のノーという返事に、わかったと言ったな」アレスは皮肉な口調できき返した。「話はもう終わりか?」

オデッサの瞳が険しい光を放った。「私に懇願してほしいの? それを待っているのかしら?」

ああ、そうだ。

「取っかかりとしては悪くない」

オデッサの唇が震え、その光景にアレスの体はさらに熱を帯びた。

「あなたがサディストだとは思わなかったわ」

「お互いに新しい一面を発見しつつあるようだな」

オデッサが口を開き、おそらくアレスを非難しようとした瞬間、ドアが拳で強くたたかれた。

オデッサがたじろぐのがわかり、アレスは歯を食いしばった。彼女のそんな反応は見たくなかった。断りもなくドアが開けられると、彼の気分はさらに悪くなった。

本能の赴くままに、アレスはオデッサの顎からうなじに手をすべらせ、彼女の顔を上げさせた。

「そのことについてはあとで話そう。今は……」彼はエリオの墓前で再会したときからずっとつきまとわれていた誘惑に屈し、オデッサの唇を唇でふさいだ。そして彼女の驚きのうめき声をのみこみ、開いた唇の間から舌を差し入れた。

これからどうするかまだ決めていなかったが、キスは手始めとして悪くなかった。オデッツサを自分の飢えた体に引き寄せると、柔らかな曲線がしっくりとなじみ、かつての記憶がよみがえった。

オデッサがかすれたうめき声をもらし、両手を腰に回してきた。アレスは思わず満足げになった。この女性と関わったせいで犠牲にしてきた多くのことがついに償われようとしているのだ。彼女が自分と同じくらいこの常軌を逸した情熱を抑えられないでいるのは喜ばしかった。

この土地を離れていた十年間に多くの情事を経験したアレスは、自分にはオデッサ・サンテッラという名の禁断の王女など必要ないとわかったことに満足していた。しかし今、彼はまるで自分が生きる唯一の理由であるかのようにオデッサをむさぼり、ドアロから聞こえる咳払《せき》いを無視して二人の舌をからませていた。

また咳払いが聞こえた。今度はより大きく、いらだちがこもっている。

オデッサが我に返り、二人の間に距離を置こうとして両手でアレスを押した。アレスはゆっくりと頭を上げて侵入者と目を合わせた。

「フラヴィオ」

アレスが最も軽蔑していた人物がエリオだとすれば、弟はその次だった。フラヴィオは兄に尻尾を振り、嬉々《きき》としてその冷酷な命令を実行していた。

「入室を許可した覚えはありませんが」

フラヴィオの目に悪意が満ちた。十年前なら、この男はもっと違う態度をとっていただろう。相手が言葉に詰まるのを見て、アレスは胸がすっとした。

オデッサが体を硬直させ、再びアレスから離れようとした。

「じっとしていろ」アレスは彼女の耳元で警告した。

一瞬オデッサはおとなしくなったが、長年抑えこまれてきた生来の反抗心が息を吹き返したのか、身をよじった。その動きがアレスの中の情熱の炎をさらにかきたてた。オデッサの温かい息を顎に感じ、柑橘《かんきつ》系の香りをかいだアレスは、フラヴィオを無視して彼女の顎の下に指を添え、視線を合わせた。

「僕の助けが必要なら、言うとおりにするんだ」

オデッサが目を細くしてアレスを見つめ、動きを止めた。

アレスはフラヴィオに向き直った。「まだいたんですか。何か用でも?」

「父親の追悼会なのにオデッサがいないから呼びに来たんだ」フラヴィオが答えた。

アレスは笑った。「無作法だというんですか?」

フラヴィオがオデッサの腰に置かれたアレスの手に視線を落とし、顔をこわばらせた。「オデッサの不名誉になるようなことはさせたくない」

「本当に彼女の名誉を気にかけているとは思えませんが。出ていってください。すぐ戻りますから」

「あんなことはすべきじゃなかったわ」フラヴィオが立ち去ると、オデッサがつぶやいた。

オデッサの唇に視線をそそいだとたん、野蛮なまでに荒々しい渇望が体を貫いた。「どんなことだ? 君の味が驚くほどすばらしいのを再認識したことか? それとも君の叔父を追い払ったことか?」

彼女の顔に赤みが差すのを見て、アレスはそこを指でなぞりたくなった。そのあと唇でも。

「両方よ! あなたは毒蛇をついて楽しんでいるのかもしれないけれど、私は違う」

アレスは指をオデッサの腕へとすべらせ、肌の震えを楽しんだ。「さあ、行って、僕たちがしたことがどんな影響を及ぼしたか見てみよう」そう言うと、彼女の手をつかんで引き寄せた。

「アレス、何をしようというの？」オデッサが甲高い声をあげた。

彼女の唇から自分の名前が飛び出すのを聞いて、熱い何かがアレスの中に渦巻いた。運転手の息子が暗黒の城の王女に最初に魅了されたのは、そのハスキーな声だった。彼女の声の魅力がいまだに衰えていないことに、アレスはいらだちを覚えた。

アレスはオデッサを従えて大広間に向かい、弔問客から丸見えのドア口で立ちどまると、彼女の細い顎に手を添えた。「僕が欲しいものはなんでもくれるんだろう？ それが君の条件だったはずだ」

オデッサの目が大きく見開かれ、舌が下唇をなぞった。「アレス――」

「イエスかノーか？」アレスは返事を迫った。欲望が激しくうなり、血がたぎった。

オデッサが息を吸いこんだ。窮地に追いこまれていることを自覚しているのは銀色の瞳を見ればわかった。人生で最も長い三秒が過ぎ、そして……。

「イエスよ」彼女が答え、その一言がパンチのような衝撃をアレスに与えた。

先日の数十億ドル規模の不動産取り引きのあとに感じたのと同じか、あるいはそれ以上の達成感がアレスの中にこみあげた。だが、まだ喜んではいけない。この女性のことはよく知っている。

「いとしい人《アガピタ》、誓いを立てるなら、十年前よりも真剣に立てたほうがいいぞ。そうでないと、後悔するはめになる」警告を伝えたアレスは片手を下ろしたが、もう一方の手をオデッサの背中に当てた。それからじっくりと人々の表情を観察し、中でもヴィンチェンツォには長く視線をそそいで、彼が負けを悟ったことを確かめた。

そのあと、アレスは自分の父親に目を移した。その瞬間まで、このとんでもない計画をやり遂げるかどうか、オデッサを恐ろしい脅威から救うために大きな犠牲を払うかどうか、決めかねていた。なぜなら、彼女はアレスにとってもはや過去だったからだ。

しかし、父親の顔に浮かんだ希望を目にして、アレスは決断を下した。そのまましばし父親を見つめてから、かつて自分に強い憧れを抱かせた女性に視線を向けた。いや、僕はいまだにオデッサに魅力を感じている。彼女の魔力から抜け出さなくては。

オデッサはそのための手段を与えてくれたのだ。

「席をはずしたことをお詫《わ》びします」アレスは彼女から目を離すことなく切り出した。「オデッサと僕は……旧交を温めていました」その口調は少しも申し訳なさそうではなかった。

アレスはさらにオデッサを引き寄せ、彼女の手を自分の唇に近づけた。オデッサが息をのんだが、彼はほほえみ、彼女の紅潮した顔を物憂げに眺めた。

それからもう一度、弔問客に視線を向けた。「ここは僕が選んだ場ではありませんが、この知らせを内緒にしておくことはできません」

「どんな知らせだ？」フラヴィオが興味といらだちの入りまじった目で詰問した。

アレスはもったいぶって数秒の間を置き、それからオデッサの手を強く握った。「あなたのかわいい姪《めい》が僕のプロポーズを受け入れてくれたんですよ。オデッサと僕は結婚します。できるだけ早く」

ああ、神さま……。

アレスの電撃発表がまるで熱い雹《ひょう》のように体を打ち、オデッサは軽い頭痛に襲われた。

私はやってのけた！

オデッサはあいているほうの手を後ろに回して、きつく握った。てのひらに指が食いこんで痛みを感じ、これが夢ではないとわかった。

どういうわけか、彼女の無謀な賭けは成功した。

その代償は？

オデッサの腰にしっかりと回されたアレスの腕や、誓いについて警告したときのなめらかな口調、魅力的なほほえみを浮かべているにもかかわらず、目に宿る鋭い光と体にみなぎる緊張感――そのすべてが、アレス・ザネリスが善意から彼女を助けるわけではないことを物語っていた。彼が最初に口にした冷たいノーという返事はまだ耳の中で遠い雷のように響いている。

この先、恐ろしい試練が待っているのは間違いない。

人々のひそひそ話が広がっていくにつれ、オデッサは自分が鳩《はと》の群れの中に猫を放りこんでしまったのに気づかないわけにはいかなくなった。

でも、少なくとも私はヴィンチェンツォの魔手から逃れられたのよ。

アレスが身をかがめてきて、彼の唇が耳たぶに触れそうになると、もう何も考えられなくなった。オデッサの体を震えが駆け抜け、自分がさっきのキスにどんなふうに反応したかが鮮明に思い出された。

あろうことか、私は父親の追悼会の場でアレスのキスに夢中になってしまったのだ。

「喪に服しているのはわかるが、せめてほほえんでほしいね、アガピタ。もとはといえば、これは君の考えじゃないか。それらしくふるまってくれ」アレスが耳元でささやいた。

オデッサは反論できなかった。そこで彼の貪欲なキスのせいでまだひりひりする唇の端を無理やり上げ、好奇心をむき出しにして近づいてくる人々に意識を集中した。

だが、ありがたいことにアレスが手を上げて人々を制止した。「僕の婚約者が父親を悼んでいることを尊重してください。僕たちの幸せを願ってくださる気持ちはありがたくお受けしますが、彼女がまずはこの会を無事終わらせたいと願っているのをご理解いただけますか？」

アレスがオデッサの手を取り、もう一度唇をつけたとき、彼女の心臓は激しく高鳴った。そのあと彼はオデッサの叔父のほうではなく、自分の父親が立っているほうへと彼女を促し、うれしそうな笑みを浮かべた。

セルジオスがオデッサの手を握り、瞳を輝かせて言った。「オデッサ、君を私たちの家族に迎えられるとは。この年寄りがどれほど喜んでいるか、君にはわからないだろう」

オデッサははっとしてアレスを見た。彼に目顔で警告され、言葉をのみこんだが、頭の中は混乱していた。ほほえむ老人の目には涙が浮かんでいる。セルジオスが息子に向かって早口のギリシア語で話しかけたとき、冷たい恐怖の波が彼女を襲った。

私は何をしてしまったのだろう？　セルジオスの気持ちなんて考えもしなかった。あとでがっかりさせることになったらと思うと、息が詰まりそうだ。でも、もう遅い。

「今さら後悔しても手遅れだ、僕の愛する人《エロス・ムー》」アレスが不気味なほど正確にオデッサの思考を読み取り、耳元でささやいた。

追悼会が終わるまでの一時間、オデッサの頭の中にはアレスの不吉な声がこだましていた。やがてフラヴィオとヴィンチェンツォ、遠縁の親戚たちだけがあとに残ると、その声はさらに大きくなった。

セルジオスは初孫が生まれたと話していた執事に会いに行った。おそらくアレスの差し金だろう。そして今、ヴィンチェンツォが怒りに燃える目をしてアレスに近づいていくのを見て、オデッサの心臓は早鐘を打ちだした。

「何さまのつもりか知らないが――」

「自己紹介がまででしたね」アレスが冷静にさえぎり、ヴィンチェンツォと向き合った。長身のアレスが少なくとも三十センチは背が低いヴィンチェンツォを見おろすと、二人の身長差がことさら際立った。

「オデッサの婚約者、アレス・ザネリスです」アレスが悠然と言ってのけた。

ヴィンチェンツォが憤慨をあらわにしてフラヴィオのほうを向いた。「フラヴィオ、こいつに私が誰だか教えてやってくれないか？」

「ヴィンチェンツォ・バルトレッツリ……仕事上の知り合いだ」フラヴィオがおずおずと告げた。

叔父が他に何をつけ加えるのかとオデッサは固唾をのんで待った。驚いたのは、フラヴィオがアレスと視線を合わせたことだった。二人の視線のやりとりが意味するところは明らかで、ヴィンチェンツォが目を細くしてグラスをきつく握りしめた。オデッサはグラスが砕けるのではないかとはらはらした。

「おまえがいずれ後悔するのは間違いない」ヴィンチェンツォがうなり、アレスをにらみつけた。

オデッサは背筋を冷たい戦慄が走るのを感じたが、アレスはその脅しをあっさり受け流した。「そうは思えませんね」

ヴィンチェンツォはグラスの中身に興味があるようなふりをしているフラヴィオに怒りのみなぎった視線を向けると、悪意のこもった罵声を浴びせ、踵《きびす》を返して出ていった。

沈黙はフラヴィオの咳払いによって破られた。

「一段落したところで、私自身の気持ちを伝えておこう。せめて婚約を発表する前に、姪と結婚したいと思っていると私に伝えてほしかったな」

アレスが顎をこわばらせた。「自分の都合のいいときだけ伝統にこだわるとは、いかにもあなたらしい。あなたには代償を支払います。婚約者が荷物をまとめている間に話し合いましょう」

オデッサの中で反発心が頭をもたげた。「なんですって？　私はここを去るつもりなんて――」

「ここにいたいのか？」アレスが皮肉をこめたまなざしでささやいた。

いいえ。オデッサは心の中でしぶしぶ認めた。しかし、これほど早くここを出ていくことになるとは思ってもみなかった。この展開に安堵《あんど》を覚えつつも、不安を感じないわけにはいかない。自分を助けた見返りとしてアレスは何を期待しているのだろう？

恐怖と動揺と不安で胃がきりきりと痛んだ。

「オデッサ？」

「荷造りには少し時間がかかるわ」

アレスがフラヴィオに向かって眉を上げてみせた。

フラヴィオが肩をすくめた。

二人がドアに向かうのを見送ったオデッサは、アレスの堂々とした姿に呼吸が浅くなった。十年前の陽気な雰囲気はみじんもなく、息をのむほど威厳に満ちている。

ドアの前でアレスが唐突に振り返り、オデッサの視線をとらえた。彼女の顔に何を見たか知らないが、アレスはかすかにほほえんだ。

「一時間やる。それ以上は無理だ」

オデッサは寝室を歩きまわりながら、たいして思い入れのない持ち物を指でなぞり、時間を無駄にしていた。父親は犯罪組織のボスとして、娘に流行の服や宝石を身につけさせた。まれに外出を許可されるのは有力者の娘たちと一緒に過ごすときに限られた。だが人前に出ることは、オデッサにとってなんの楽しみも見いだせない務めだった。

ベッドに置いたスーツケースは、しばらくたってもほとんど空っぽのままだった。

「まだ荷造りが終わっていないのか？」

開けたままのドアから聞こえてきた物憂げな声に、オデッサはさっと振り向いた。もう一時間たったの？　二年前の誕生日に父親から贈られたカルティエの腕時計に視線を落とす。ダイヤモンドがちりばめられたプラチナ製の贅沢《ぜいたく》な代物だ。それにはいつものように代償が伴っていた。その代償とは勢力を急拡大していた組織の息子とのディナーデートで、当時の父親は相手の組織を抑えこもうとしていた。

父親の駒にされることに激しい反発を覚え、オデッサはデートをすっぽかした。父親はもちろん腹を立てた。それを思い出して身震いすると、アレスが見とがめたのがわかった。そこで問いただされる前に答えた。「ええ、まだよ」

アレスが部屋を見まわし、嘲りの色を顔に浮かべた。「それはよかった。君は何も持っていく必要はないから」

ついさっきまで同じことを考えていたにもかかわらず、オデッサは驚いて体をこわばらせた。「なんですって？」

「何か思い入れのあるものがあるのか？」

オデッサは抗議したかったが、実は何もかも置いていけることを喜んでいた。ここにあるものはすべて、父親の冷酷な支配を思い出させる。

でも、あなたは地獄からまた別の地獄に移るだけじゃないの？　この人はかつてあなたの夢を打ち砕き、あなたを置き去りにしたのよ……。

いいえ、これは私が選んだ道。今のアレスは冷酷だという評判だけれど、本当はそうではないのでは？

「どうかしたのか？」

オデッサははっとし、自分が熱心にアレスを観察していたのに気づいた。

「オデッサ？」

「あなたが父のように残酷になるんじゃないかと心配なの」オデッサは思いきって打ち明けた。

十年前のように盲目的にアレスを信頼するのはやめようと思っていた。それが心を守る唯一の方法だからだ。結局のところ、彼に愚かな期待を抱かなければ、失望することもないだろう。

アレスの体が硬直し、表情がよそよそしくなった。次の瞬間、彼はオデッサの髪に指を差し入れて顔を上げさせ、すさまじい形相で彼女をにらみつけた。

「僕をあの人でなしと比べるのか？」

オデッサの心臓は締めつけられた。「昔はあなたのことを知っていると思っていたわ。でも、それは間違いだった」

「君の記憶が間違いなんだ。自分のせいで起きたことを他人のせいだと思いこんで、楽になろうとしているだけじゃないか」

「違うわ。私はただ、変わらないものは何もないと学んだだけよ。人は変わる。その証拠が目の前にあるわ」

まるでオデッサを愉快に思うと同時に腹立たしく感じているかのようにアレスが目を光らせ、それからすぐに表情をこわばらせた。「いや、人は変わらない。ふだんは正体を隠しているというだけだ」

彼は私のことを当てこすっているのだ。オデッサは唇を噛《か》み、十年前の出来事について、パオロについて、そしてあのキスについて説明したい衝動に駆られた。しかし、彼女が言葉を紡ぎ出す前に、アレスがその長身にいらだちをにじませて背を向けた。

あの夜も彼はただ背を向けただけだった。そして、一顧だにせず私を捨てて立ち去ったのだ。

それを忘れてはだめよ！

「オデッサ、そろそろ出発の時間だ」

なんの保証もなしに行くことはできない。

「叔父が――」

「問題は片づいた」アレスが険しい顔で言った。

苦悩の矢がオデッサの胸を刺した。「私はいくらで売られたの？」

「そんなことはどうでもいい」

オデッサはどうでもよくないと叫びたかった。だが、そうしたところで胸の痛みが増すだけなのはわかっていた。これまでずっと、権力に貪欲な一族の駒として使われてきたのだ。

でも、もう違う。

オデッサが顎を上げると、アレスの目に驚嘆のような、称賛のようなものが見えた。しかし、彼はすぐに腕時計に視線を落とした。

オデッサはベッド脇のチェストに向かい、引き出しを開けて一番大切なものを取り出した。母親のロケットペンダントだ。唯一持っているレナータ・サンテッラの写真が中に入っている。母親が亡くなった直後、父親が酔った勢いで他のすべての写真を処分してしまったのだ。ちょうどそのときオデッサは外出していた。それも父親の許しがたい罪の一つだった。

「まだそのペンダントを持っていたのか？」アレスがざらついた声で尋ねた。

オデッサは繊細なロケットペンダントを握りしめた。「いつまでも大事にしたいものはあるわ。たとえ高価なものでなくても」

なぜそんなことを言ったのかわからず、オデッサは息を止めてアレスを見あげた。彼の顔にかすかにやさしさが見て取れたのもつかの間、また表情が硬くなった。

数秒間、二人はそのまま見つめ合った。アレスが離れると、オデッサは再び楽に呼吸ができるようになった。

「もういいか？」アレスが尋ねた。ぶっきらぼうな言い方だが、いらだちは感じられず、表情は冷静さを取り戻していた。

オデッサはトップス数枚とジーンズ、替えの下着に靴をスーツケースに詰めこみ、蓋を閉めた。アレスが片手でスーツケースを持ち、もう一方の手で彼女の肘を取って部屋から連れ出しても、驚きはしなかった。

大広間で待っているフラヴィオを見たとき、オデッサの心臓は大きく打ちだした。叔父が鋭い目で、自分とアレスのひそかな取り引きを彼女がだいなしにしなかったかどうか探り、安堵したのがわかった。

叔父が両腕を大きく広げて近づいてきた。そして姪に別れのキスをすると見せかけてイタリア語でささやいた。「驚いたよ、オデッサ。こんな離れ業をやってのけるとは思わなかった。よくやった。おまえはやっぱり本物のサンテッラだ。だが、自分の出自を忘れるな。私が常に見張っていることも」

「フラヴィオはなんと言ったんだ？」晩秋の日差しの中に出ると、アレスが尋ねた。

オデッサはかぶりを振った。叔父の脅しなど忘れたかった。「たいしたことじゃないわ」

すぐにここから逃げ出したかった。だがそれ以上に、アレスがどこへ連れていこうとしているのか、自分に何を求めているのかききたかった。

玄関のドアから出ると、ぴかぴかのリムジンが待っていた。アレスがオデッサの手を取って乗りこませてから、自分もあとに続いた。

運転手がドアを閉めると、オデッサははっとして尋ねた。「セルジオスは一緒に来ないの？」

アレスが硬い笑みを浮かべた。「いや、一緒だ」

それ以上何も言わないので、オデッサは窓の外に目をやった。車はかつてアレスとセルジオスが住んでいた宿舎に向かっていく。そこには執事を含む他の使用人たちがまだ住んでいる。

車がカーブを曲がり、ガレージの前で止まった。オデッサはもう何年もここに来るのを避けていた。今隣に座っている男性のせいだ。

アレスがオデッサに初めてキスをしたのは、使用人宿舎の向こうのオレンジ畑の中でだった。彼はオデッサの耳元で、彼女には理解できないギリシア語をささやき、ありえない夢を見させた。

アレスが去ったあと、思い出すのがつらすぎて、オデッサはここに来られなかった。そのことを思い出し、オデッサは膝の上で両手を握りしめた。

「悪魔に取りつかれているのか、アガピタ？」アレスがざらついた声できいた。

落ち着きを取り戻そうとオデッサは手に力をこめた。「私が悪魔に取りつかれている？ あなたはどうなの？ それとも、偉大なるアレス・ザネリスは悪魔も撃退してしまったのかしら？」

「君は話をそらすのがうまくなったようだ。それでは僕の問いの答えになっていない」

そのときセルジオスが宿舎から現れ、いとおしげに孫を抱いた執事があとに続いた。アレスは体を硬くし、父親を凝視している。彼の顔には不可解な表情が浮かんでいて、オデッサはなぜかうなじがざわざわするのを感じた。

使用人たちが近づいてくるのを見て、オデッサはリムジンから降りた。使用人たちが別れを惜しんで抱擁したり、婚約を祝う言葉をかけたりしてくれると、後ろめたい気持ちに駆られたが、彼らの顔には理解と励ましが浮かんでいた。

セルジオスとともに再び車に乗りこんだとき、オデッサはアレスが物思いに沈んでいるのに気づいた。その視線は父親にそそがれている。

オデッサのうなじがまたざわついた。

3

「どこへ行くの？」オデッサが毅然《きぜん》とした態度で視線を前方に向けたまま尋ねた。車はサンテッラ邸の入口を守る金箔《きんぱく》張りの門を出たところだ。

それはもっともな質問で、アレスはオデッサが今まで尋ねなかったことに驚いていた。だが、なぜ彼女は気にするのだろう？　地球上のどこであろうと、サンテッラ邸よりはいいところに決まっているのに。

もし僕が現れなかったら、オデッサは他の男に助けを求めただろうか？　そう考えると、みぞおちのあたりに冷たい嫌悪感が渦巻いた。

アレスは目の端でオデッサが手首をさすっているのを見ながら、怒りと不穏な保護欲が再びわきあがるのを感じた。そこで拳を握り、彼女の手首を撫《な》でてやりたい衝動を押しとどめた。一つには、父親の探るような視線がしだいに気になりはじめていたからだ。これまで父親には多くのことを打ち明けてきたのに、今はそんな気になれなかった。これからどうするつもりか自分でもよくわからないからだろうか。

アレスは身じろぎし、胸に居座る不安を払おうとしたが、無理だとわかると歯ぎしりした。

「僕たちはローマに飛ぶ」彼はようやく答えた。「明日、ローマで仕事があるんだ。それからアテネに帰る。そのあとは……どうするかな」

オデッサがわずかに目を見開き、静かにうなずいた。「わかったわ。でも……」彼女は口ごもり、視線をセルジオスに向けた。アレスの父親の手前、あれこれ尋ねるのはためらわれるのだろう。

父が一緒で助かったとアレスは思った。おかげで自分の軽率な決断について考える時間ができた。今抱えこんでいる頭痛の種が、フラヴィオ・サンテッラに譲渡した二百万ユーロ相当のポルト・ノヴォの一等地に値するかどうか判断しなければならない。

「詳しいことはゆっくり休んでからにしよう」

顔にいらだちを浮かべたものの、オデッサは黙って窓の外に目をやった。バックミラーに映るサンテッラ邸を眺めているのだろう。アレスはとっさに彼女の顎をつかみ、自分のほうを向かせた。

「振り返るな。これからは前を向くんだ」

すると、さっき寝室でそうしたように、オデッサが目を見開いてアレスを見つめた。怖いくらい美しい銀色の瞳が与える衝撃は予想以上だった。

もう一度彼女のなめらかな肌を撫でるような愚かなまねをする前に、アレスは手を離した。

今日はもういろいろありすぎたのだから。

オデッサが正面を向いたとたん、父親が独りよがりな表情を浮かべるのを見て、アレスは落ち着かない気持ちになった。それにしても、父はなぜエリオの葬儀に出ると言い張ったのだろう?

ありがたいことに自家用機専用の飛行場までの道のりは短かった。だが、外に出て新鮮な空気を吸っても、アレスは緊張をほぐすこともオデッサの魅惑的な香りを振り払うこともできなかった。

父親がオデッサと話しているのを尻目に、自家用機に向かって歩きだした。一人掛けの肘掛け椅子を選び、携帯電話を取り出して、飛行機がイタリアの首都に向かって飛ぶ間、仕事に没頭した。

かつて恋に夢中になって危険な道に迷いこんだとき、引き返せなかったことを思い出すと、いらだちがこみあげた。

だが、もう本来の自分を取り戻した。そして今度こそ、僕がオデッサを思いどおりにするのだ。

二時間後、アレスはラビカーナ通りにある高級ホテルの最上階のスイートルームでシャワーを浴びた。コロッセオを見おろす印象的な建物は、彼にとって特別な意味を持っていた。初めて競争相手に敗れた物件だったからだ。しかし、五年後にその貪欲な大物がすべてを失ったとき、アレスはここを安く買い取った。

最後に笑うのがアレス・ザネリスのやり方だった。だが寝室に入り、ベッドの向かいの豪華なソファでくつろいでいる父親を見たとき、彼は笑う気になれなかった。

アレスはうめき声をのみこんだ。「ここで何をしているんだ？　早く自分の部屋で休まないと」

「今日は〝休む〟という言葉がはやっているようだな」

父親の皮肉めいた言葉に、アレスはぎくりとした。

「何か気になることでも？」

「気になるのは、おまえが何を気にしているかだ」

父親が何を言っているのかわからないふりをすることはできなかった。かつて家族に悲劇が起きて以来、父親と息子は深い絆《きずな》で結ばれていた。

数十年たった今でも、当時二歳だった妹のソフィアと、家族をばらばらにした身勝手な母親のことを思い出すと、アレスは胸をかきむしられる思いがした。妻に無関心な夫への報復として母親はソフィアがセルジオスの子供ではないと暴露したのだ。あまりに残酷で悪意に満ちた仕打ちだった。

父親が妻に望みどおりの生活をさせるために身を粉にして働いていたのは、母親にとってはどうでもいいことだった。エリオ・サンテッラが絶対の忠誠を要求する悪魔のような雇い主だったのも。母親の不幸は出奔に始まり、惨事で幕を閉じた。

家を出たわずか半年後、母親はソフィアと新しい恋人とともに自動車事故で命を落とした。父親は立ち直れないほど打ちのめされた。

アレスはそのことを今も忘れていなかった。だが、この先どうするかはまだ決めかねていた。母親にさんざん苦しめられた父親を幻滅させたくはなかった。

「急なことで驚いたかもしれないが、自分が何をしているかはわかっているよ」

セルジオスが眉を上げた。「そうなのか?」

アレスは父親の視線を避け、衣装部屋に向かった。

「いったいどういうことなのか気になるだろうが、心配しないでほしい」

「心配はしていない。それどころか、彼女はおまえにぴったりだと思う」父親がうなずいた。

アレスはみぞおちにパンチを受けたかのようにうろたえた。「だからエリオの葬儀に出ると言ったのか? こうなることを望んでいたから?」

「こうなること?」父親が探るように見つめた。

「おまえたち二人の間の問題を終わらせ、本当の幸せをつかむことを言っているのか?」

その言葉が重くのしかかり、アレスは奇妙な悪寒に襲われた。「本当の幸せなんて神話だ。わかっているだろう」

父親の顔をよぎった痛みに気づき、アレスは内心自分をののしった。二人とも母親に残酷な形で捨てられ、互いに傷をなめ合っている間に最大の悲劇に見舞われたことが思い出された。

ハンガーからはずしたシャツを握りしめながら、アレスの思考は時をさかのぼった。もし妹が生きていれば、今年三十歳になっていたはずだと気づくのに時間はかからなかった。

シャツを着るアレスの背後では沈黙が続いている。衣装部屋から寝室に戻ると、沈黙はさらに重苦しくなった。彼はカフリンクスを手に取った。「自分が何をしているかはわかっている。勝手な期待はしないでくれ」

父親がいつになく厳しい目でアレスを見すえ、立ちあがった。そして息子のこわばった頬を軽くたたくと、ドアに向かった。「おまえは強い男だが、私がおまえの幸せを望むのを止めることはできない。私と同じ過ちを犯さないでくれ」

カフリンクスを留め、上着を着たあとも、アレスの緊張が解けることはなかった。

気持ちを切り替えて居間に足を踏み入れると、テラスにオデッサがいた。ここに着いてはき替えたジーンズが長くしなやかな脚を腹立たしいほど魅惑的に見せている。張りのある胸や平らな腹部、腰まで届く髪にも目を向けずにはいられなかった。

そのつややかに波打つ髪に指を通したくなったことは一度や二度ではなかった。鼻先に近づけて香りを楽しんだり、枕に広がるところを眺めたりしたくなった。

ふいに欲望が目覚め、思わずオデッサのほうへ一歩踏み出してから、アレスはひそかに悪態をついた。

この王女に振りまわされていたのはもう過去のことだ。

居間をあとにするアレスの耳には父親の言葉が繰り返し響いていた。

自由になって最初の朝だ。

オデッサはテラスに立ち、太陽に顔を向けた。昨夜のように空気はさわやかで、微笑を誘うレモンの香りがした。海風はない。もうアルゲーロにいないからだ。思いきった行動に出て叔父の支配下からまんまと抜け出せたおかげで、答えの出ない疑問にさいなまれながらも、昨夜は今まで記憶にないほどぐっすりと眠れた。

「解放感を楽しんでいるのか？」

はっとして振り返ると、アレスがドアに寄りかかっていた。

まだ朝の七時前だというのに、かっちりしたビジネススーツに身を包み、きれいに髭《ひげ》を剃《そ》っている。エスプレッソのカップをつかむ長く優美な指にオデッサは視線を引き寄せられた。息が浅くなり、体が意思とは裏腹に男らしく洗練されたアレスの姿に感嘆の声をあげた。

オデッサは手すりを強く握り、気持ちを落ち着かせた。「ええ、朝の空気を楽しんでいるの」

アルゲーロからローマに向かう飛行機の中でアレスが見せた不機嫌そうな表情がいつの間にか消えているのに気づき、呼吸が楽になった。彼とは反発し合っているほうがなぜか緊張せずにすむが、つかの間の休戦はやはりありがたかった。

「ローマに来たことはあるかい?」アレスが気さくに問いかけながらテラスに出てきた。

オデッサは首を横に振った。「夏にカプリ島に行くのがせいぜいだったわ」

カプリ島は父親が家族の休暇先として決めていた場所だった。父親は誰も自分を知らない土地や、自らの地位を誇示できない土地は嫌いだった。二十代後半にもなれば外国を旅していてもおかしくないのに、オデッサは行動を制限されていた。アレスが去ったあとの十年間、父親の支配は強まるばかりで、彼女の反抗心は封じこめられていた。

オデッサはこみあげる苦い思いをのみこんだ。

アレスが彼女の心情を察したかのように唇を引き結んだ。そしてエスプレッソを飲みほし、カップとソーサーを近くのテーブルに置いた。「今日は自由に街を探索してくれ。夕食は外でとろう。夜のローマはアテネほど壮観ではないが、それでもすばらしい眺めを楽しめる」

オデッサは手を握りしめた。自分をのみこもうとする切望に屈してはいけない。「あなたは私に観光をさせるためにここへ連れてきたわけじゃないはずよ。私を助けた見返りに何が欲しいのか、夕食の席で申し渡すつもり？」

アレスが両手をポケットに入れて近づいてきた。そのせいで肩幅の広さが強調され、シャツの下の筋肉に注意が向く。「いとしい人《アガピタ》、その話はもう終わったと思っていたが。君には僕と結婚してもらう」

オデッサはあんぐりと口を開けた。「でも、あれは叔父とヴィンチェンツォから私を救い出すために言っただけでしょう。婚約しているふりをして、二、三カ月後に解消すればいいと思っていたわ」そこでアレスの顔に嘲りが浮かぶのを見て、言葉を切った。

「そんなふうに思っていたのか。だが、君にとやかく言う権利があるとは思わないでくれ。君は僕にすべてをゆだねたんだから」

「違うわ」オデッサは喉のつかえをのみこんだ。「あなたが欲しいものはなんでもあげると言っただけよ。すべてをゆだねてはいないわ」〝結婚〟という言葉が原始的な欲望を刺激するのを感じながらも、彼女は言い返した。

ああ、十年前にその言葉を聞けたらよかったのに。

しばらくオデッサを見つめていたアレスが腕時計に視線を落とした。「打ち合わせに遅れそうだからもう行くが、僕が七時に戻ったら外出できるように支度をしておいてくれ」彼が背を向けながら続けた。「君には僕と結婚してもらう。そして、僕が欲しいものをなんでも与えてもらうつもりだ」

オデッサは去っていくアレスを見送った。

彼は私と結婚したいの？　どうして？

結婚したいわけがない。アレスは昨日、私がばかげた提案を持ちかけたとき、最初は冷たくきっぱりと断ったのではなかった？　そのときと今とで、いったい何が変わって結婚を望むようになったのだろう？　キスをしたからではないはずだ。

その日の午後四時、デザイナーがスイートルームに向かっているとコンシェルジュから電話があった。現れたエレガントな装いの中年女性は二人のアシスタントを連れていた。一人は金色のキャリーケースを引き、中にはガーメントバッグ三つとアクセサリーの箱が入っていた。もう一人は大きなケースを抱えていたが、あとで贅沢《ぜいたく》なメイク道具だとわかった。

オデッサの名前が書かれた簡潔なメモがガーメントバッグの一つに添えられていた。

〈ドレスを選んでくれ。色は赤がいい。A〉

何がなんだかわからないながらも、オデッサはとっさに抵抗したくなった。最初のガーメントバッグから現れたのは、襟ぐりが深く、背中が大きく開いた血のように赤いサテンのロングドレスだった。これでは下着をつけられそうにない。素肌にそのドレスをまとった自分を想像すると、頬が熱くなった。

「ありえないわ!」オデッサは顔を見合わせる女性たちを無視してきっぱりと言った。

そのドレスを脇に押しやり、次のガーメントバッグに手を伸ばした。中からオフホワイトのドレスが出てきて少しはほっとしたが、それでも腿まで入った深いスリットにはきわどい印象を受けた。

最後の一着を見て、オデッサはようやく安堵《あんど》の息をついた。アイスブルーの柔らかなシフォンで作られたホルターネックのドレスは、やはりブラジャーをつけられそうにないが、品がある。

「これがいいわ」

デザイナーが指を鳴らすと、すぐさまドレスに合うアクセサリーが並べられた。オデッサは手早くシャワーを浴びたあと、衣装部屋の鏡の前に座った。髪がブローされ、顔を縁取るようにカールを垂らしたアップスタイルに結われた。グレーとシルバーのアイシャドーで目を強調したメイクは控えめでありつつ印象的で、オデッサは我ながら驚いた。

三人の女性は口をそろえてほめそやし、オデッサが靴をはいてクラッチバッグを持つと、到着したときと同じようにすばやく立ち去った。

オデッサがドレスアップしてアレスと会うのはこれが初めてだった。父親と出かけたり、父親の友人の息子や知人の相手をさせられたりする機会は数えきれないほどあったが、アレスのために装ったことは一度もない。慣れない経験に緊張している自分がいやだった。

アレスが居間に入ってくると、オデッサはソファから立ちあがった。一瞬アレスが目を見開き、それからしげしげと見つめた。その強迫観念にでも取りつかれたような凝視に、彼女はなんとか耐えた。メイクのおかげで目が大きく見え、妖しい魅力をかもし出しているのはわかっていた。

「私が赤いドレスを着ていないのを責めたてるつもりじゃないわよね？　あんなものを着るくらいなら、何も着ないほうがましよ」そう口走ってから自分が何を言ったのかに気づき、小さくうめいた。

アレスがスーツの上着を脱ぎながらゆっくりと近づいてきた。オデッサは彼の彫りの深い完璧な顔から視線を引き離すのに苦労し、自己嫌悪を覚えた。

「そうなのか？　まあ、君の裸身を大衆の目にさらすなんてスキャンダラスなまねをするつもりはまったくないがね」

彼の唇に浮かんだ笑みをオデッサは不思議に思った。「赤いドレスを本気で勧めたわけじゃなかったの？」

アレスの愉快そうな笑みがさらに大きくなり、オデッサはからかわれたのだと悟った。「君はいつも命令されると強く反発していたからね。十五分で支度をするよ」そう言い残して足早に出ていく彼を見送りながら、オデッサは頭が混乱するのを感じた。

アレスが戻ってきたときには、暴走する脈拍と乱れた感情がようやく落ち着いていた。ビジネススーツは黒のディナースーツに替えられ、黒のサテンの細い帯がサイドに縫いつけられたズボンが彼の無駄のないアスリートのような体型を強調していた。ミッドナイトブルーのシルクのシャツの上のボタンがいくつかはずされ、力強い喉がのぞいている。

オデッサは、真夜中にこっそり泳いだあと海から上がってきた若き日のアレスを思い起こした。当時でさえ彼の彫刻のような体型にほれぼれしたが、今は洗練された装いからにじみ出るエロチックな魅力に全身が熱くなった。

「行こうか？」アレスがざらついた声で言った。

危険な考えを追い払うためにまばたきをすると、オデッサは彼をちらりと見た。「セルジオスは一緒に行かないの？」

アレスがうなずいた。「ああ、父には休息が必要だから。それに、今夜は君と僕のための夜だ」

深読みしなくてもその言葉が意味するところはわかった。彼は今朝、ついに自分の要求を口にしたのだから。

アレスにエレベーターへと導かれながら、オデッサは胃がよじれそうだった。張りつめた沈黙が二人を包んでいる。かつては思いつくままなんでも話せたのに、今は見ず知らずの他人のように思えて、彼との間に話題を見つけることができなかった。

やがてエレベーターのドアが開き、オデッサはほっとして降りた。だがアレスに軽く手を握られ、安堵はたちまち消えた。ちらりと目を上げると、彼が鋭いまなざしを向けてきた。

二人はこれから結婚するカップルに見られなければならない。彼が結婚を望む理由もいずれ明らかになるだろう。

でも、今夜はどうすればいい？　結婚するのが待ち遠しいふりをしなければならないの？

オデッサは早く外の新鮮な空気を吸って頭をすっ

きりさせたかった。しかし二人を待っていたのは、仕事熱心なホテルのスタッフたち、詮索の目を向ける宿泊客たち、そして路肩に止められたフェラーリの最新型スーパーカーだった。彼女はその車の価格が百万ドルを超えるのを知っていた。フラヴィオがこの半年間、やたらと手に入れたがっていたからだ。

車に乗りこんだとたん、アレス独特の香りにたちまちオデッサの嗅覚が反応した。彼が運転席に座ると、その香りはさらに強まり、大きな体で車内を占める彼しか目に入らない気がした。

アレスがエンジンをかけ、夜のローマに向かって車を加速させていく。オデッサは張りつめた雰囲気をやわらげようと口を開いた。

「セルジオスのことだけど、大丈夫なの？　事故は――」

「なぜ事故のことを知っているんだ？」

「世の中にはテレビや新聞というものがあるのよ」

街灯の光に照らされ、アレスの腿に力が入っているのがわかった。彼の目に殺伐とした表情がよぎるのを見て、オデッサは胃に穴があいたような痛みを覚えた。

「事故の怪我《けが》から回復する間に心臓の病気が見つかったんだ」

オデッサは胸が締めつけられた。「そんな……重い病気なの？」

アレスはしばらく無言だった。「父の年齢を考えると、重いと言えるだろうな」

それ以上の質問を封じるような言い方だった。しかし、オデッサは沈黙に戻りたくなかった。

「あなたは？　しばらく昏睡《こんすい》状態だったのよね？」

信号待ちでアレスが車を止め、探るような視線をよこした。「そんなに気になっていたのか、アガピタ？」

アレスの口調には棘《とげ》が感じられたが、他にも何かあった。驚き？　好奇心？　少しは心がほぐれたのかしら？　それとも私がそう思いたいだけなの？

「私たちの間に何があったにせよ、あなたの不幸を望んだことはないわ」

アレスの胸が上下するのがわかり、オデッサの心の中で何かが頭をもたげた。これは希望？　だが、すぐに彼の唇がまた引き結ばれた。

「君に恨まれる筋合いはないからな。僕たちの短い関係で、君は被害者ではなかったはずだ」

オデッサは内臓がねじれそうだったが、その痛みを抑えこんだ。「自分が被害者だなんて思っていないわ。でも加害者でもない。私たちの過去は――」

「過去は過去だ」アレスがさえぎった。「今夜は未来に目を向けなくては」

オデッサが返事をする前に、アレスがこの街で有名な何世紀も前に建てられた建物の前に車を止めた。

彼が車を降りた瞬間、きちんとした身なりの若者が近づいてきてキーを受け取り、建物のドアのほうを手で示した。

黒い絨毯《じゅうたん》の上を十数歩進むと、印象的な赤い両開きのドアの前に着いた。壁には中世のランプがともされている。どれも過ぎ去った時代を彷彿《ほうふつ》とさせるもので、オデッサはあっけに取られて周囲を見まわした。「ここはどこ？」

「カラカラ・ロマーナ劇場だ。友人が所有する私設の劇場で、二年前に僕が売ったときは荒れ果てたアパートメントだったが、彼はそれを見事に立て直した。僕たちでこの場所を独占したいところだが、今夜は観客が必要だからね」

オデッサは息が詰まりそうだった。「観客が必要？」

アレスの片方の眉が嘲るように弧を描いた。「メッセージをはっきり伝えたいんだろう？　それとも、ヴィンチェンツォにまだチャンスがあると思わせたいのか？」

冷たい戦慄がオデッサの背筋を駆けおりた。「いいえ」

「よし」

アレスはオデッサの手を自分の腕にかけさせ、ドアを通り抜けた。正面に半円形の舞台があり、その前には座席が並んでいるのではなく、十二台のテーブルと椅子が舞台に面して置かれていた。劇場全体は三階建てに等しい高さがあり、壁に沿って松明《たいまつ》が設置されていた。

壮観だった。もしアレスの意向が最優先でなかったら、オデッサはあちこち探検してみたかった。

アレスは他のテーブルの客に軽く会釈をしながら、オデッサを舞台中央のテーブルに案内した。オデッサは自分たちが注目の的であることを痛いほど感じた。

照明が落とされると、銀のアイスバケットに入れられたビンテージシャンパンがクリスタルのフルートグラスにつがれた。そして、なじみのあるオペラの旋律が流れだし、オデッサは背筋がぞくりとした。

視線をアレスに向ける。「《トリスタンとイゾルデ》？」

二人のグラスを触れ合わせながら、アレスが唇にほほえみを浮かべた。「君の好きな演目だろう？」

オデッサの息が止まった。「覚えていたの？」

「いまいましいことに記憶力がよくてね」アレスが投げやりに肩をすくめた。

胸が締めつけられるようなラブストーリーの第一幕は、極上のロブスターサラダで幕を開けた。続いて、背景に溶けこむように訓練された控えめなウェイターたちによってニョッキ、サーモン、トリュフ入りチーズが供された。

最初の幕間《まくあい》に照明が明るくなるころには、オデッサは胸に渦巻く感情で窒息しそうになっていた。アレスが悲劇に終わる禁断の愛をたたえたこのオペラを選んだのは、私の心を揺さぶる狙いがあったからだろうか？　このオペラが私たちの未来を暗示していると伝えたかった？　彼のふるまいを深読みしないようにという警告なのだろうか？

オデッサの視線は、アレスがテーブルの上をすべらせてよこした高価なビロード張りの小箱にそそがれた。「これは……まさか……」

「開けてくれ」注意深く無表情を装っているにもかかわらず、彼の声には荒々しさがあった。

オデッサの理性は開けてはいけないと叫んでいたが、心の奥底にひそむ愚かな少女が彼女に震える手を伸ばさせた。箱からプラチナの台座にはめこまれたピンクダイヤモンドの指輪が現れた。そのまわりを小さなクッションカットのホワイトダイヤモンドが二列に取り巻き、キャンドルの光の下で一つ一つがきらきらと輝いていた。

どこからか息をのむ気配がし、一分もしないうちに大きな拍手がわき起こった。それを合図にアレスが立ちあがって二人の距離を縮め、指輪を取りあげてオデッサの指にはめた。その間じゅう、彼女は驚きにぽかんと口を開けていた。

アレスがオデッサの顎に手を添え、目を輝かせながらささやいた。「片膝をついてもいいんだが、タイミングを逸してしまったみたいだな」

ピンクダイヤモンドのあまりの大きさと片膝をついているアレスのイメージに、オデッサはまた言葉を失った。

「いつこんな準備をしたの？」二人とも望んでいないのに、なぜ彼はここまでするのだろう？

「そんなことはどうでもいいだろう」アレスが一蹴した。まるで多くの女性が夢見るプロポーズを実現したのだからと言わんばかりだった。

「そうね、どうでもいいわ」

二人の再会はかつての誓いをよみがえらせるものではなかった。私は救いを求めてアレスにすがり、彼はしぶしぶそれに応じただけ。

「さらし者になるのはもう終わりにしない？」自分たちがさらに熱心に見つめられているのに気づき、オデッサはささやいた。彼女の指で輝くダイヤモンドに観客は引きつけられている。

アレスが席に戻り、ぐっと身を乗り出した。他のテーブルとは距離があるため、聞かれる心配はない。オデッサは緊張が高まり、胃がきりきりと痛んだ。

「君の叔父とあの人でなしの魔手から君を守る見返りとして」アレスが目をぎらつかせながら、オデッサの手首のかすかな痣《あざ》に視線を落とした。「君には五年間、結婚生活を送ってもらう。その間に少なくとも二人の子供を僕に授けてくれ。そのあとは君の好きなように生きるといい」

4

シンバルとトランペットが鳴り響く中、花火が炸《さく》裂《れつ》するような感激とともに受け取るはずの言葉を耳にした数秒後、オデッサは呆然《ぼうぜん》としたまま、なぜアレスが公衆の面前でこのようなまねをしたのかを完全に理解した。

アレスは私の反応を封じこめようとしたのだ。人前なら、私が驚愕《きょうがく》と憤りの叫び声を意志の力によって押し殺すはずだと考えたのだろう。その物憂げなまなざしを見れば、彼の意図は明らかだ。

感情を抑えこもうとして震えるオデッサの両手を、アレスがじっと見つめていた。皮肉にも、震えのせいで指輪のダイヤモンドがいっそう輝きを増す。オデッサは顔から血の気が引いていくのを感じた。口を開いたものの、言葉は出てこなかった。

アレスの顔に刻まれた固い決意が、彼は本気だと伝えている。

なんてこと《ディオ・ミオ》。

「僕の求めに喜び以外の感情を表す気なら、観客のことを思い出すといい」

「だから私をここへ連れてきたの？　あなたがどれほど常軌を逸しているか、私が口にできないようにするために？」

　唇をゆがめてはいても、アレスの目は真剣そのものだった。「君はお気に入りのオペラを楽しみ、婚約に不可欠なダイヤモンドの指輪を贈られて、おまけに望まない求婚者を遠ざけられる。その見返りとして、僕は自分の要求を伝えた。君が非常識だと思ったとしても、それが僕の望みであることに変わりはない。この話を別の場所で続けたいのなら、喜んで応じよう」彼が勝ち誇ったように周囲を見まわした。「目的は達成できたようだ」

　アレスが話しおえると、丸々と太った男性が近づいてきてアルマンドと名乗り、イタリア語で祝辞を述べた。アレスがそれに応え、オデッサもどうにかほほえみを浮かべてみせた。彼の妻が指輪を見に来たときには手を差し出した。そのあと、二人のもとには他の人々が祝福を述べに殺到した。

　それから十分後、アレスは二人きりで婚約を祝うために出発することをユーモアたっぷりに人々に告げ、まだ動揺しているオデッサを外で待機している車へと導いた。

「私たちの婚約のニュースは明日の朝までにヨーロッパ大陸じゅうに広まるでしょうね」

「僕たちの結婚生活は五年間か、あるいは子供が二人生まれるまで続く」アレスが石のように硬い声で告げた。「子供はギリシアで産んでほしい」

「子供が欲しいだけなら、結婚する必要はないはずよ。今どき代理母だって珍しくないわ」

一瞬、アレスの顎の筋肉がぴくりと引きつった。

「これは父のためでもあるんだ。父が昔かたぎなのは覚えているだろう？」

アレスがそんなことを言うとは思ってもみなかったが、ある意味ではもっともな理由だった。

「ええ」

アレスと父親の間には憧れと羨望をかきたてる結びつきがあった。それはオデッサが理想とする人間関係の手本だった。

「でも、どうしてこんな手の込んだまねをするの？セルジオスが知ったら怒るんじゃないかしら？」

答えるまでたっぷり一分間、アレスは黙って車をなめらかに走らせた。

「父が知ることはない。父にとってこの結婚は本物だ。僕の記憶が正しければ、君の演技力は見事だった。僕たちがよりを戻したと父に思わせるために、全力を尽くしてくれ」アレスが言葉を切り、一瞬殺伐とした表情を浮かべた。「僕たちが別れるときが来たら、極力ショックを与えないように父に伝えればいい。願わくは、そのときまでに父が孫のことで頭がいっぱいになり、僕たちの離婚を気にも留めないでくれるといいんだが」

「私の演技力を当てにするのはやめて。こんな茶番劇には参加しないわ。たとえ一年でも。まして五年間なんて……」あまりにばかげた要求に、オデッサはかぶりを振った。何層にも重なった痛みが不要なマントのように肩をおおうのを感じながら、アレスの描くシナリオを必死に理解しようとした。「セルジオスを欺いても平気なの？」

「望みどおりの結果が得られるなら、手段は選ばない。自分の状況に当てはめて考えてみるといい」

オデッサはヒステリックな笑いをのみこんだ。

「なぜ五年なの？」

「子供は五歳くらいまでならまだ記憶が曖昧だからだ。それより遅いと、取り返しのつかないことになりかねない」

「どうしてわかるの？　あなたのお母さんはあなたが七歳のときに出ていったんでしょう？　もっと早く出ていけばよかったと思っているの？」

アレスの表情が花崗岩《かこうがん》のように険しくなった。

「僕の話をしているんじゃない」

いや、彼は自分の経験から言っている。しかし、オデッサは賢明にもそれを指摘しなかった。

「じゃあ、私が五年以内に子供を二人産んだら、そのあとは離婚するの？」

アレスが同意するものと思っていたオデッサは、彼が首を横に振るのを見て唖然《あぜん》とした。「いや、最低五年間は結婚生活を続けよう。別れるときには子供の親権は僕にゆずってもらう」

「なんですって？　正気の沙汰じゃないわ！」

「だが、これが僕の条件だ。のむか、去るかだよ」

沈黙が重くのしかかるまで、オデッサは二人がホテルの地下駐車場に戻ったことにさえ気づかなかった。アレスの最後通告は彼に考え直してもらえるかもしれないという望みを粉々に打ち砕いたが、屈伏するつもりはなかった。

「私が子供を産んだあと、あっさり家を出ていけると思うの？」

アレスの顔に同情に似たものが浮かんだが、気のせいかと思うほどあっという間に消えた。

「出ていくのがつらいふりをするな」

こちらの感情を軽く一蹴するアレスの態度に怒りがこみあげた。「どうしてそんなことが言えるの？子供を置いて出ていくなんてつらいに決まっているじゃない！　軽々しく決められることじゃないわ」

アレスの鼻孔がふくらんだ。「君がどれほど気まぐれかは身をもって知っている。君は僕の腕の中から、ほとんど間を置かずに別の男の腕の中に飛びこんだ。パオロ・ロマーニとはなんでもないと言っていたくせに」

たとえ事情があったにしても、その非難はオデッサの胸に突き刺さった。本当のことを言えば、父親から脅されてやむをえなかったのだ。

「たった一度の過ちのために、私は一生罰を受けなければならないの？」

アレスのセクシーな唇に浮かんだほほえみは皮肉に満ちていた。「たった一度ではないだろう？　君が父親に向かって僕のことをけなしたとき、僕はそこにいて聞いていたんだぞ」

十八歳の誕生日を翌日に控えた夜、アレスと秘密の場所で会おうとしていたオデッサは、父親がどうしているか確認しそこなった。オレンジ畑で見つかったときも、ちょうどアレスが木陰にいたので、自分一人しかいないように見えるはずだと油断した。すると父親が、アレスやセルジオスと親しくするなら二人を痛めつけて追い出すとオデッサを脅した。

恐怖とパニックに駆られたオデッサは、自分にできる唯一の方法で二人を守ろうとした。運転手の息子は自分のタイプではないし、彼に惹《ひ》かれることはありえないと断言したのだ。

木陰に隠れているアレスが屈辱を感じているのはわかった。そして、それまで交わしていた軽いキスからもう少し先に進もうと思っていたその翌日、オデッサは彼に冷たく拒絶された。

残酷な仕打ちを考えている自分の父親からアレスとセルジオスを守るためだったのだと、オデッサは説明したかった。

アレス自身の計画を知るまでは。

アレス・ザネリスは最初からオデッサを捨てるつもりだった。彼女が抱いていた少女じみた愚かな夢など意に介していなかった。

アレスは父親が息子のためにためていた蓄えで老朽化した建物をいくつか買い取り、アルゲーロを去る計画を立てていた。その話は、彼がサンテッラ邸を出ていく前日に使用人たちの噂話《うわさばなし》で知った。ありがたいことに、オデッサは打ちひしがれるさまをアレスに見られずにすんだが、その後何カ月も涙で枕を濡《ぬ》らしつづけた。

今、彼に話すのよ。過去を正すの。

「あの夜、あなたが話を聞いているのは知っていたわ。私があんなことを言ったのは、あなたを守るためだった。もしつき合えば、あなたを痛めつけると父は脅したのよ。あるいはもっとひどい仕打ちをすると」

自分のような男が誰かに守られる必要があるという考えを嘲笑《あざわら》いたかったのか、アレスが口をゆがめた。「おやさしいことだ。だが、誰かに僕のために戦ってもらう必要はない。君が無意識に僕をどう思っていたかわかったよ」

「私はあなたのことを下に見ていたわけではないわ」オデッサはかっとなって反論した。

「あのあと君はさっさと前に進んだ。それとも、翌日の夜、僕と抱き合ったのと同じ場所で君の父親の右腕の息子とキスをしたのも、僕を守るためだったのか？」

後悔とショックでオデッサはあえいだ。「見たの？」

アレスの顔には非難の色が浮かんでいた。「ああ。僕はいつも君を見ていた。君もわかっていたはずだ」彼が肩をすくめた。「あのころの君はすでに今と同じくらい美しかった。僕はどうしようもなく君に惹かれていたが、君は僕に惹かれていると思いこんでいただけだ。娘は別の男と結婚させるつもりだと言った君の父親の言葉を無視してはいけなかったんだよ。僕は本番の予行演習に使われたんだ」

オデッサは大きく息を吸いこんだ。「父がそう言ったの？」

アレスの顔に皮肉な笑みが浮かんだ。「ああ。君に言っていた脅しも含めてね。エリオはパオロ・ロマーニに嫁がせるつもりの大事な娘から僕を遠ざけようと躍起だった」

オデッサは黙ってかぶりを振った。アレスの非難以上に打ちのめされたのは、こちらを嘲笑うような彼の態度だった。あの当時、アレスこそ本気だったのだろうか？　自分の途方もない魅力を駆使して私を引きつけていただけでは？　気遣いや愛情に飢えていた私は、彼が見せたいと思うものしか見ていなかったのではないだろうか？

その可能性を考えると背筋が冷たくなり、オデッサはアレスを凝視して、真実を見つけようと必死になった。自分が間違っていたことに薄々気づいていたからかもしれない。彼女は過去に引き戻されるのを拒んだ。今現在に集中したかった。

「黙っているということは罪を認めたわけか？」アレスが尋ねた。

オデッサは首を横に振った。「いいえ。私は間違いを犯したけれど、あなたがどう思おうと、あなたを欺いたことはないわ」

アレスの目に驚きが浮かんだが、一瞬で消えた。

この男性の感情をコントロールする能力は称賛に値する。アレスの本心を知るためなら、何を犠牲にしてもかまわないとオデッサは思った。彼が描いてみせた結婚生活は恐ろしいほど殺伐としてはいないはずだという希望にすがりたかった。アレスの子供を産むことは、彼女の十代のころの夢だった。夫であり父親であるアレスと一緒に、自分が生まれ育ったのとはまったく違う理想の家庭を、愛情をこめて築きたいと強く願っていた。

こっそり会っていた夏の夜、二人は夢を告白し合った。だからオデッサは、アレスが複数の子供を欲しがっていると知っても驚かなかった。あのころもそう言っていたし、二人はきょうだいのいない寂しさを分かち合っていた。とくにアレスは妹がいたにもかかわらず、最も残酷な形で奪われるのがどんな気持ちかを知っていた。

私は自分を滅ぼすための武器を彼に与えてしまったのだろうか？

オデッサは息を吸いこみ、その恐ろしい可能性への答えを求めようと口を開いた。しかし、アレスは車から降り、前を回って助手席のドアを開けた。

「僕たちは心の奥底にある感情を掘りさげるためにここにいるわけではない。君は決断を迫られている。どうするつもりだ？」

一晩だけ。

人生で最も重大な決断をするために、オデッサは一晩だけ待ってほしいと言い張った。不満そうなアレスを前にしても、頑としてゆずらなかった。

しかし今、オデッサは寝返りを打ちながら、脚にからみつくシーツと同じく思考がまとまらないのを感じていた。アレスの非常識な提案を断固拒絶するつもりだったのに、受け入れると見せかけて抜け道を探すことを考えはじめていた。

そんなことができるかしら？

本能が無理だと叫んだ。

アレスが自分を狼《おおかみ》の群れの中に戻すと想像すると、体に震えが走った。とくにヴィンチェンツォという狼は、自分に恥をかかせた私をためらわずに懲らしめるはずだ。

逃げることもできるわ。小さなスーツケースを持ってただ逃げるのよ。

そして、私を臆病者扱いしたアレスが正しかったと証明するの？　彼はすでに私のことを最低の女だと決めつけている。そう思うと、なぜか耐えがたいほど胸が締めつけられた。

　私はアレスに約束したのだ。欲しいものはなんでもあげると。なんてばかなことを口にしたのだろう。でも、まさかこんな要求をされるとは思ってもみなかった。

　ただ、アルゲーロに戻ることは死刑宣告を受けるに等しい。叔父はヴィンチェンツォが私に残酷な仕打ちをすると十分承知しながら、見て見ぬふりをするだろう。アレスのもとから逃げ出し自活するという選択肢は、一生びくびくしながら生きることを意味する。どんなに用心しても、叔父やヴィンチェンツォに見つからずにすむとは思えない。

　それなら、ここにとどまったほうがいいのでは？　アレスと結婚し、彼の子供を産んだほうが？

　オデッサは目をきつく閉じ、枕に顔を押しつけた。だが、アレスとの結婚生活を思い描いても、ヴィンチェンツォについて考えたときのような嫌悪感には襲われなかった。むしろ逆だ。かつてはアレスの子供を産むことを夢見ていたのだから。

　しかしそれは結局、大人になりかけた箱入り娘のかなわぬ夢だった。当時接することができた異性は、飢えた目をした背の高いギリシア人だけだった。

　オデッサはぱっと目を開け、頭の中の魅惑的な考えを追い払おうとした。〝もしも……〟と耳元でささやく声がする。アレスとの契約期間は最長五年で、そのあと私が出ていきたければ離婚できる。つまり、結婚生活を続けるかどうかは私にゆだねられている。

　もしもとりあえず彼の条件をのんで……あとで変更させたら？

　オデッサはわきあがる不安を抑えこんだ。

　追いつめられた私は愚かにもアレスに助けを求めた。再びリスクを冒す勇気があるだろうか？

ようやく浅い眠りに落ちるまで、オデッサの思考は堂々めぐりを繰り返していた。

数時間後、彼女はシャワーを浴びて服を着ると、昨夜自分の指に指輪をはめた男性を捜しに行った。

太陽が古代ローマの遺跡からかろうじて顔をのぞかせる時間、アレスはすでに起きて着替え、テラスでエスプレッソを飲んでいた。

シンプルなTシャツとジーンズを身につけたオデッサがテラスに出た瞬間、アレスがテーブルから立ちあがった。だが、その如才ないふるまいや落ち着き払った態度にもかかわらず、彼から緊張が伝わってきた。そんなふうに警戒しているのは、何か探られたくないことがあるからなのだろうか。

思いこみかもしれないが、オデッサはその考えにしがみついた。今まで勝つよりも負けるほうが多かったものの、戦うことで精神状態を保ってきた。生きている限り、戦いつづけるつもりだ。

とくに、それがいずれ生まれてくる子供のためなら。

もしもアレスが本当に父親を喜ばすために契約結婚を持ちかけたのであれば、そして彼がとことん冷酷な人間でないのであれば、もしかしたらこの先、子供の親権を独占するという考えを変えさせられるかもしれない。

でも、そうできなかったら？

オデッサは心の中で肩をすくめた。それなら、もっと戦えばいい。

私はアレスを説得し、父の支配という地獄から這《は》いあがる命綱を与えてもらったじゃないの。

「オデッサ」

乾いた唇に舌をすべらせながら、オデッサは前に進み出た。アレスの目をのぞきこんで何か希望を与えてくれるものを見たいという切実な思いは、否定できないほど強かった。

「イエスよ、アレス。私の返事はイエス」

その瞬間、アレスが大きく息を吐き出した。体から緊張が抜け、目に安堵《あんど》の光が浮かぶ。

彼が口を開くと、オデッサは手を上げて制した。

「でも、喜ぶ前に知っておいてほしいの。私は子供を見捨てない。絶対に。何があっても」

アレスの目が満足感と驚きで輝き、やがて懐疑の念に落ち着いた。「ようすを見るしかないな」

やはりアレスは冷酷な人間ではない。

私は彼の考えを変えてみせる。


その日の午後、二人はアテネに到着し、タブロイド紙の記者たちに熱狂的に迎えられた。

自分たちの仲間の一人——貧しい境遇から富裕層の仲間入りを果たし、権力と影響力を持つようになった人物が美しい花嫁を手に入れたと、社交界は噂するだろう。相手はどうやら幼なじみらしいと。

アレスがオデッサの手を取り、指の関節にキスをして、こめかみに唇を寄せた。そして、口々に投げかけられる質問を無視して歩きだした。

その横ではセルジオスが顔をほころばせ、ときおりオデッサを気遣わしげに見ていたが、二人の婚約を歓迎しているのは明らかだった。

オデッサはこれがおとぎ話のような結婚ではないことがばれるのを恐れ、口をつぐんでいた。いつ結婚するのかもどこで式を挙げるのかも、二人はまだ話し合っていなかった。

「まずは」洗練されたリムジンに乗りこむと、アレスが携帯電話の画面をタップしながら言った。「新しい服が必要だ」

オデッサは顔をしかめた。「新しい服なんていらないわ」

「連中がけなしはじめるまでジーンズをはきつづけ

るつもりか?」

反論しかけたオデッサはアレスの言うことにも一理あると認め、口をすぼめて言った。「いいえ。でも、自分の服は自分で買うわ」

すると、意外にもセルジオスが手を伸ばし、オデッサの手をやさしく撫《な》でた。彼女は穏やかにほほえむ老人に目をやった。

「息子はときどき威圧的になるが、それは気にせず甘えるといい、かわいい子《ミクロス》。女性はみんなショッピングを楽しむものだろう?」

アレスの鋭い視線に気づいたオデッサは、二人が惹かれ合っていると見せかけなくてはならないのを思い出し、セルジオスにほほえみ返してから返事をした。「お言葉に甘えるけど、服は私に選ばせて」

「美しい人《カロス》、午後の予定をあけておいたよ」アレスが言った。

オデッサは驚いて目を見開いた。「そうなの?」

「ああ。出かけている間に結婚式の計画を立てよう」

オデッサはパニックと興奮に激しく揺さぶられた。

「もう?」

アレスが彼女の顔をしげしげと見た。「待つ意味はないじゃないか。早く一緒に暮らしたいんだ。君は違うのか?」

その質問は二人の契約を思い出させた。

落ち着きを取り戻すために息を吐くと、オデッサは答えた。「いいえ、私もあなたと同じよ」

満足げな表情がアレスの顔に浮かんだ。

オデッサの向かい側に座るセルジオスがにっこりした。

胸の高鳴りを感じながら、オデッサは窓の外を見つめた。アテネ《ネ》の活気に満ちた街並みを眺めるうち、人生が取り返しのつかないほど大きく変わろうとしていることを実感した。

アレスはオデッサにまとわりつく店員たちのおしゃべりを聞き流しながら、何本目かの電話を終えた。ここは高級ブティックの待合室だ。椅子の肘掛けにドンペリニヨンのグラスを置いたまま、悪魔に追いかけられているかのように彼は計画を立てつづけた。

自分の要求をオデッサが受け入れれば満足するものと思っていた。ところが、焦燥感は増すばかりだった。一度決めたことをやり遂げるまで休まない傾向があるのは、自分の長所なのか短所なのかわからなかった。

次の電話をかける前に、しばし自分の気持ちについて考えてみた。この焦燥感の原因を突きとめたかった。

店員たちがオデッサの婚約指輪を見てはうっとりしたため息をついているのが聞こえてくる。あの指輪もやはり焦燥感に駆られて買い求めたのだった。

僕がこんなふうになったのは母親のせいなのか？

アレスはそんな考えを一笑に付したかったが、そこにひそむ真実を否定することはできなかった。セラピストの中には、結婚に消極的なのは過去の悲劇のせいだと言う者もいるだろうが、アレスにはわかっていた。今試着室にいる女性のせいで、一生妻を持たないという決意を固めたのだと。少なくとも昨夜、オデッサが冷酷な自分の父親から彼を守ろうとしたのだと言い訳するまではそう信じていた。

オデッサが試着室から出てくると、アレスは背筋を伸ばした。「二人だけにしてくれるか？」

店員たちはすぐに立ち去ったが、アレスは黒いレースのドレスに包まれたオデッサの体からしばし視線を引き離せなかった。それから携帯電話に保存してある画像を表示させ、彼女のほうに画面を向けた。

「とても美しい場所ね。どこなの？」

「イスメネ――僕が所有している島だ。今日から一週間後にここで結婚式を挙げる。それでいいか？」

アレスはオデッサが反対するか、少なくとも不満げなそぶりを見せると予想していた。ところが驚いたことに、彼女は肩をすくめて言った。

「いいわ。何か予定があるわけでもないし、結婚式を挙げるには完璧な場所みたい。他に話すことはある？　店員さんたちを呼び戻しましょうか？」

アレスの指が落ち着きなく腿をたたいた。「話はそれだけだ」

オデッサがさっと背を向け、彼はうなり声を抑えこんだ。

「オデッサ？」

彼女が振り返り、銀色の瞳をアレスに向けた。

アレスは黒いレースのドレスを顎で示した。「それにするといい。気に入った」

オデッサが頬を染めたのに満足したのもつかの間、時間がたつにつれアレスは不機嫌になっていった。

おそらく、過去につき合った女性たちとは違ってオデッサが何十万ユーロもする服や宝石を惜しげもなく贈られても大喜びしなかったからだろう。あるいは、彼女がほとんどアレスを無視し、その日の夕食でも翌朝の朝食でもセルジオスとばかり楽しそうにおしゃべりしていたからかもしれない。

オデッサを窮地から救ったのは僕だ。半ば父にのせられたようなものだとはいえ。

彼女の感謝の気持ちはどこに行った？　英雄崇拝の念は？

アテネの名所に興味を示すオデッサのようすは、いかにアルゲーロの邸宅に閉じこめられていたかを思い起こさせたが、アレスはツアーガイドを務めることも、彼女をアテネ観光に連れていくためにイスメネへの出発を延ばすこともなかった。

オデッサは観光旅行に来たのではない。僕の名字を名乗り、僕の子を産むためにここにいるのだ。もし少しでも僕の母のように逃げ出すそぶりを見せたら、監視されることになるだろう。今度またオデッサが僕を裏切れば、僕は彼女を二度と戻ってこられない場所に送りこむ。

初めてアクロポリスの丘を見てうれしそうに息をのむオデッサのかたわらで、アレスはタブレットをつかみ、自分の目的を再確認した。

5

アレスと結婚するまでの一週間はあっという間に過ぎるものと思っていたが、オデッサはむしろ時間の流れを遅く感じた。そのため、日にちを早めることを提案しそうになった。

そうしなかったのは、虚勢を張っていたにもかかわらず、神経が高ぶっていたからだ。それに、オデッサの平静を装った態度がアレスにとっては気に障るようだったから。オデッサにしてみれば、よそよそしく他人行儀にされるより、不機嫌そうに見つめられるほうがよかった。

誓いを立てる場所となる息をのむほど美しいプライベートアイランドの写真を見たオデッサは、これまで夢見てきた結婚式の情景がそのまま現実になった気がして純粋な喜びを覚えた。それを隠そうとしなかったのは、約束を守るという証拠を求めるかのようにアレスがこちらの反応をうかがっているのに気づいたからだ。そこで彼女は気が変わらないことを示すため、会場を飾る花やリネンの色についてアレスに意見を求めた。彼の仕事をじゃまするのもためらわなかった。

セルジオスにとっては愉快な状況だったらしく、ウインクをしたりうなずいたりしながらオデッサをけしかけた。

二人が一度だけ深刻な衝突をしたのは、離婚する際にアレスから何も受け取りたくないとオデッサが主張したときだった。にらみ合う二人を見て、弁護士たちは二人だけにしようと急いで退室した。それから二十分後、オデッサは大成功をおさめたアレスがどれほど皮肉屋になったかを思い知った。

アレスは何もいらないというオデッサの主張を疑い、財産分与を求めて訴えることはないと彼女が断言しても信じようとしなかった。

オデッサの抗議はまったくの無駄だった。

言い合いを終わらせるため、オデッサは離婚の際に二千万ユーロを受け取るという婚前契約書にサインした。たいていの人にはありがたい財産だが、彼女にとってはアレスに借りを作るようなものだった。

結婚式を翌日に控えた朝、朝食後にオデッサがセルジオスとテレビを見ていた居間にアレスが入ってきた。

「準備はいいかい？」独占欲じみたものが感じられるまなざしで彼がオデッサを見た。このところいつもそうだ。「携帯をチェックしていないのか？」

オデッサは島に到着した翌朝にアレスから渡された新しい携帯電話を手に取った。そこには、彼の午前十時の予定が入っていた。

「どこに行くの？　着替えなくちゃだめ？」

アレスの視線が花柄のラップドレスからウェッジ・ヒールのサンダルへとそそがれた。「そのままでいい。僕のかかりつけ医に診てもらうだけだから」

「私が繁殖牝馬《ひんば》にふさわしいかどうか診てもらうの？」そんな表現を使ったらアレスがどう反応するか、オデッサは固唾をのんで待った。

彼が謎めいたまなざしを向けた。「診てもらうのは君だけじゃない。僕たち二人だ」

オデッサは息をのんだ。「あなたも検査を受けるの？」

「ああ。僕の種馬としての能力がずば抜けているのを確認できたらうれしいね」

一瞬唖然《あぜん》としたオデッサだったが、すぐにアレスが冗談を言っているのだと気づいてにっこりした。

かつての若者の面影を垣間見た思いだった。

二時間後、二人ともいたって健康だとの診断が下されると、アレスの肩から力が抜けるのがわかった。それとは対照的に、彼の視線が熱を帯び、診察室を出るときにオデッサの背中に当てられた手からは今朝よりも強い独占欲が伝わってきた。帰りの車の中でもアレスは彼女から目を離さなかった。

「なんだかいつもと違うわ。どうかしたの？」

アレスの力強い手に顎を包みこまれ、オデッサは自分がひどく華奢《きゃしゃ》になった気がした。

「どうもしない。今、僕たちをじゃまするものが何もないことに感謝しているんだ。もう逃げられないぞ、いとしい人《アガピタ》。君は僕のものだ」

その言葉に原始的とも言える所有欲を感じ取り、本来なら警戒するはずだった。しかし、以前抱いた反発心とは異なり、オデッサは強烈な切望を覚えて胸を高鳴らせた。きっかけがなんであれ、行動を起こした結果、人生が一変し、胸の奥の憧れをかきたてられていた。

生理の周期が狂わなければ、来月の今ごろには妊娠が判明しているかもしれない。

「話し合わなくてはならないことがあるわ」顔がほてりだすのがわかったが、この話をしないですますわけにはいかなかった。「妊娠の方法についてだけど、私は体外受精を考えていて――」

ユーモアのかけらもない皮肉な笑いがオデッサの言葉をさえぎった。「君は勘違いしている。この結婚はすべて本物だ。君が妊娠するまで、毎晩僕たちがベッドをともにすることを含めて」

オデッサは呆然《ぼうぜん》とした。体の奥に嵐が巻き起こった気分だ。「でも……どうして？　私が欲しいわけでもないのに」

アレスがいぶかしげに目を細めた。「なぜそう思った？」

「あなたが私を好きでさえないのは明らかじゃないの」

アレスのこめかみが引きつった。「君を妊娠させるのに、好きになる必要があるのか？」

嘲りのこもった問いかけだったにもかかわらず、アレスは見せかけているほど冷静ではないとオデッサは感じた。

「あのころ、どうしてあなたの狡猾《こうかつ》な一面に気づかなかったのかしら」彼女はつぶやいた。

アレスの口元がゆがみ、無意識のように親指が伸びてオデッサの頬を撫《な》でた。「君は自分の見たいものしか見ていなかったんだ。僕はずっとこういう人間だったんだから」

オデッサは拳を握った。自分が欺かれていたとは思いたくなかった。「私はそんなに盲目だった？」

「そういうことだ」

アレスとしばらく見つめ合い、それからオデッサは息を吸いこんだ。「だったら、あなたのことがよくわかって感謝すべきかもしれないわね」

アレスの顔から完全に表情が消え、オデッサの頬に触れていた手が引っこめられた。「そうだな。だが、結婚式の夜に君が僕のもとに来て、僕が君を完全に自分のものにするという計画は変わらない」

イスメネはアテネとクレタ島の中間、サントリーニ島の東にあった。南エーゲ海に浮かぶ四平方キロメートルの島は宝石のようにきらめき、実際に目にすると写真をはるかにしのぐ美しさだった。

飛行機が着陸準備のために島の上空を旋回しはじめたとき、オデッサは白い砂浜から少し離れた芝生に花で飾られたアーチが作られているのに気づいた。

「できれば今日、日が暮れる前に結婚したかった」アレスがささやいた。「だが、強引に進めてはならないと父に釘《くぎ》を刺された。だから今夜、君は休息を取って、独身最後の夜を満喫してほしい」そしてオデッサの手を取り、唇に近づけた。

セルジオスに見せるためだとわかっていたにもかかわらず、オデッサは興奮を覚えた。老人は満足げにほほえんで二人を見つめていた。

ヴィラは平屋で、数えきれないほどたくさんのテラスがあり、どのテラスでもギリシアの太陽を存分に浴びながら、息をのむような景色を眺めることができた。

六十代らしき豊かな銀髪の家政婦が率いる六人の使用人がたどたどしいイタリア語でオデッサを歓迎し、アレスとセルジオスを感情たっぷりのギリシア語で迎えた。意図したのかどうかはわからないが、三人が案内されたテーブルからは結婚式のために飾られた庭が見渡せた。

「自分の苦労の成果を間近で見たいかい?」アレスが尋ね、スパークリングワインを手渡しながらオデッサを見つめた。

「ウエディングコーディネーターはとても親切だっ

たけど、もう少しでこだわりすぎの怪物花嫁《ブライドジラ》のレッテルを貼られるところだったわ」オデッサは答えた。

セルジオスが砂糖でコーティングされた菓子の皿を彼女に差し出した。「ばかな。君には特別なイベントを思いどおりにする権利がある」

いつものようにセルジオスの言葉に慰められ、オデッサは彼にほほえみかけた。「そうよね」

三人は連れだって、見事なアーチが完成した芝生に向かった。花嫁の夢とも言える仕上がりになるのはわかっていた。幸せいっぱいの花嫁ではないとしても、アレス・ザネリスと結婚すると思うと、胸が高鳴るのを止められなかった。

でも式が終わったら、私はただの繁殖牝馬となり、アレスがザネリス家の繁栄を確かなものにして父親を喜ばせるために利用されるのだ。

「完璧ね」胃が締めつけられるのを感じながらもオデッサは言い、セルジオスのために笑顔を見せた。

苦悩を気取られたくなくて、アレスのほうは一瞥《いちべつ》もしなかった。そして無理に菓子を口に運びつつ、父子の会話を聞いていた。

そこへ家政婦が再び現れ、オデッサは安堵《あんど》のため息をついた。

「デメテルが君を僕たちのスイートルームまで案内する」アレスがオデッサに言った。

〝僕たち〟という言葉にオデッサは目を見開いたが、舌先まで出かかった疑問を口にすることはできなかった。二人は当分の間、寝室をともにするのだ。少なくとも私が妊娠するまでは。

赤くなった頬を見られないよう、オデッサは顔をそむけた。

もっとも、気をもむ必要はなかった。スイートルームは広大で、デメテルに続いて中に入ると、寝室は二つあり、豪華な居間でつながっていた。

寝室の一つは青灰色と白の内装で、アレスがこの島に滞在するときに使う部屋だとすぐにわかった。デメテルは次に白とライラック色を基調とした寝室にオデッサを案内した。衣装部屋にはすでに彼女の持ち物がきちんとおさめられていた。拍子抜けしたような気分になったのは、アレスとすぐにベッドをともにするわけではないとわかったこととは無関係だと、オデッサは自分に言い聞かせた。

ただほっとしただけよ……。

オデッサはそれから十二時間、自分に言い訳しつづけた。

アレスは夕食に現れず、セルジオスが代わりに、結婚式の前夜に花婿は花嫁に会わないという伝統を重んじることにしたのだと伝えた。

翌朝、オデッサは胃の中で蝶《ちょう》がはばたいているような感覚を、緊張ではなく消化不良のせいだと自分に言い聞かせた。

支度の最後にウエディングドレスのデザイナーが複雑なアップスタイルに結った髪にダイヤモンド付きのヘアピンを留め、シンプルなベールを垂らした。ようやく花嫁衣装姿の自分を初めて見るのを許されたときも、オデッサは目にあふれた涙さえ疲労と神経の高ぶりのせいだと言い聞かせた。

繊細なレースが重ねられたホルターネックのシルクのドレスは、ウエストが絞られ、膝から下がわずかにドレープを描いて、短いトレーンがついている。ロケットペンダントをつけたオデッサは、母が今日ここにいてくれたらと願わずにいられなかった。

ようやく支度が整い、スイートルームから出ると、セルジオスが待っていた。タキシード姿の老人は緊張しつつもとてもすてきだった。花嫁のブーケと同じ花を上着の襟に挿している。オデッサはセルジオスがまばたきをして涙を払ったのを見逃さなかった。

オデッサが言葉を発する前に、セルジオスが彼女の手を取った。「伝統と言えないのはわかっているが、もしよければ私にバージンロードをエスコートさせてもらえないかね？」

オデッサは喉につかえた塊をのみこんだ。「いいの？」

セルジオスが彼女の手を強く握り、しわがれた声で言った。「ぜひそうしたいんだ」

こみあげる感情を抑えるために、オデッサは唇をきつく結んだ。自分の父親が生きているときに、この男性のような思いやりをかけらでも示してくれていたらと思いながら、なんとか老人にほほえみかける。「ありがとう」

階段を下りて玄関ホールへ向かったオデッサは、笑顔の使用人やウエディングコーディネーターたちに囲まれ、やさしい言葉をかけられた。そのあと外に出て、アレスが結婚の証人として招待した見知らぬ人たちの中に加わったとき、彼女の視線はアーチの下に立つ男性に釘づけになった。

アレスは完璧に体にフィットしたオーダーメイドの青灰色のスーツを着ていた。彼がほんの一瞬、父親のほうを向いて目顔で何か伝えたあと、オデッサを見て、そのまま動かなくなった。

まるで彼女のことしか目に入らないかのように。

違う状況であれば、オデッサはその視線を受けて至福にひたったかもしれない。しかし、彼女にはその意味がわかっていた。それは純粋な征服欲のまなざしだった。私が皿にのせて差し出した私自身を、アレスは最後の一口まで食べつくすつもりなのだ。

アーチの前まで来たとき、父子はまた長々と意味ありげな視線を交わした。それからアレスはオデッサと向かい合い、父親が放したばかりの彼女の手を取って、まばゆいばかりの婚約指輪をはめた指を唇に当てた。

その瞬間、電流のような衝撃が体に走ったが、オデッサはまたしてもこれは演技なのだと自分に言い聞かせた。アレスが熱いまなざしで見つめ、〝とてもすてきだよ、愛する人《エロス・ムー》〟とささやいたときも。

二人を結びつける誓いの言葉を繰り返しながら、オデッサは体の中で花火がはじけているような感覚に惑わされまいとした。そのあと二人は白い花びらが敷きつめられたバージンロードを歩き、披露宴会場となる海を見おろす大テントに向かった。そこには豪華な氷の彫刻が飾られ、高価なキャビアと年代物のシャンパンがふんだんに用意されていた。

最初のダンスのためにアレスが腕を回してくると、オデッサは必死に理性にしがみつこうとした。彼が独占欲を目に宿らせ、めまいがするほどどきつくオデッサを引き寄せる。

「二人きりになれたらと思うのはこれが初めてじゃない」アレスが彼女の耳元でささやいた。ユーモアを漂わせて口の端を上げたものの、彼の目は熱い意図を伝えていた。

「できるだけ早くこれを終わらせたいんでしょう？」オデッサは素知らぬふりをして応じた。「逆に、アレスのまなざしがさらに熱を帯びた。「逆に、二人きりになったら、そのひとときを満喫するために時間が止まっていてほしいと願うだろう」

こみあげる期待と喜びは抑えがたく、ただでさえ不安定なオデッサの感情を巧みにかき乱した。

アレスの息がオデッサの耳をかすめた。「誰も何物も情熱を交わす僕たちを止めることはできない。否定したいのはやまやまだが、僕はこのときを長い間待っていたんだ」

オデッサは言葉が出てこなかった。エロチックな光景を思い浮かべまいとする一方で、興奮が体を駆けめぐっていた。

アレスが次のダンスのためにオデッサを父親に引き渡したときも、二人が祝杯をあげ、親しい人たちからプレゼントを贈られたときも、彼女の中で戦いは続いていた。やがてアレスがオデッサの手首に豪華なダイヤモンドのブレスレットをつけると、招待客はみんな息をのんだ。彼はオデッサを腕に抱きあげ、大喝采を浴びながら大テントをあとにした。

スイートルームに足を踏み入れるまでアレスは立ちどまらなかった。

オデッサがちらりと自分の寝室のほうを見ると、彼は首を横に振った。「君はしばらく自分の部屋には戻れない」

心は揺らいでいたが、オデッサはまだ戦おうとした。「その件について話せる？」

「いや、話し合いの時間はもう終わった。受け入れるんだ。約束を破るつもりでなければ」アレスの目が彼女の目を見すえた。

約束という言葉に逆らえないと彼が知っていることを恨めしく思いながら、オデッサは顎を上げた。

「決して破らないわ」

アレスの目に浮かんだ安堵の色は、ベッドに歩み寄ると、満足感に取って代わられた。床に下ろされたオデッサは、彼の体がたくましいのに気づかずにはいられなかった。キングサイズのベッドがどれほど重厚なのかにも。昨日デメテルが案内してくれたときにはちらりとしか見なかったが、今はなめらかなシーツにおおわれたマットレスが彼女の脈拍を速め、体を内側から燃えあがらせた。

だが、オデッサは未知の経験に緊張しきっていた。アレスはただオデッサを見つめていた。ようやく彼女を手に入れた今、待望の瞬間を引き延ばしたいかのように。

オデッサは早く緊張から解放されたかった。そこで、ほんの一時間前に彼から贈られたダイヤモンドのブレスレットに手を伸ばした。

するとアレスが押しとどめた。「いや、それはつけていてくれ。実は……」彼はオデッサの手首をつかみ、ウフィツィ美術館に展示されているものにも引けを取らない見事な絵画の前まで連れていった。そして隠しボタンを押すと、絵画が壁から数センチ飛び出した。その裏には壁にはめこまれた最新式の金庫があり、指紋認証と暗証番号によって分厚い扉が開いた。

オデッサの手首を放したアレスがポーチと長方形の箱を取り出し、彼女の腰に手をかけてベッドに導いた。彼がポーチと箱の中身をベッドに並べると、彼女は目を見開き、口をあんぐりと開けた。

「アルゲーロを去るとき、僕のポケットにはわずかな金しかなかった。だが、大きな野望と愚かな夢があった」アレスが肩をすくめた。「そのうちの一つは、大金を手に入れたらまず君にダイヤモンドを贈ることだった」

オデッサの胸に痛みが走った。「でも、あなたは私に何も告げずに――」

アレスが指を彼女の唇に押し当て、顎をこわばらせた。「せっかくのひとときを言い合いから始めたくない。さあ、向こうを向いて」

アレスの目に宿る激しい感情から解放されたかったこともあり、オデッサは指示に従って背を向けた。しかし、彼の指がうなじに触れ、ドレスのボタンを一つずつはずしていくのは拷問に近かった。

やがてドレスが足元に落ち、オデッサは小さな白いレースのショーツだけの姿になった。

アレスが鋭く息を吸いこみ、獰猛《どうもう》な視線で見つめるのを、オデッサは背中に感じた。

「君はアフロディーテそのものだ」そう言って彼女の腰をつかんで引き寄せた。

今回、鋭く息を吸ったのはオデッサのほうだった。密着した二人の体は焼けるように熱く、畏怖の念を抱かせるほどで、彼女の口からうめき声がもれた。

アレスが身を乗り出してベッドから最初の宝石を取りあげ、オデッサの首につけた。プラチナのチェーンの冷たい感触に鳥肌が立つ。チェーンの中央には親指大のティアドロップ型のダイヤモンドが下がっている。そのとてもエロチックなジュエリーに目を奪われているうちに、オデッサはいつの間にかショーツを脱がされていた。

　顔を赤らめ、両腕で体を隠すと、アレスがオデッサの手首をとらえて体から引き離し、振り向かせた。

「君のすばらしい体は貴重なダイヤモンドを身につけるために作られたんだ、僕の奥さん《イネカ・ムー》」かすれた声でささやき、花嫁の体に視線をめぐらせる。「夢に描いていた以上にすてきだよ」アレスがこの場面を夢に描いていたという事実をオデッサがのみこむ前に、彼はほとんど独り言のように続けた。「もっとジュエリーを買って――」

「やめて」

アレスが眉を上げた。「なぜ？　たいていの女性はジュエリーを欲しがるものだ――」

　熱い嫉妬に胸を突かれ、オデッサはアレスの手を振りほどいた。「私は〝たいていの女性〟じゃない。それを早くわかってもらったほうがお互いのためになると思うわ」

　アレスが顔を近づけて二人の鼻先を触れ合わせ、それから深く息を吸いこんだ。どういうわけか、そのしぐさはオデッサの動揺を静めた。

「君の言うとおりだ。僕の妻である君は〝たいていの女性〟じゃない。特別な存在だ」

　オデッサはそれ以上抗議しなかった。アレスが妥協を知らず、ヴェスヴィオ火山のように不動の存在であることはずっと前に学んでいた。

「ここを飾るために作らせたんだ……」アレスが指をオデッサの鎖骨に当て、胸の谷間から腰へとすべらせていった。

「アレス……」

アレスが頭を下げ、片方の胸の先を舌でなぞってから口に含んだ。快感が矢となってオデッサの下腹部を貫き、体の芯を刺激し、潤わせた。

「ああ……お願い」オデッサは全身を震わせた。

「お願い、なんだい？」アレスがささやき、硬くなった胸の蕾《つぼみ》に舌を這《は》わせた。

オデッサは痙攣《けいれん》し、アレスの肩に爪を食いこませた。「じらさないで。あなたはもう欲しいものを手にしているのよ」

「それはなんだい？」アレスがどことなく硬い口調で尋ねた。

「私よ。あなたは私を手に入れた。それで十分でしょう？」

アレスが背筋を伸ばし、考える時間を稼ぐように今度は両手でオデッサの胸を愛撫《あいぶ》した。「君が妊娠するまでは十分とは言えない。うまく妊娠しても、目的の半分を達成しただけだ」そう言うと、勝利に目を輝かせ、彼女をまるで生《い》け贄《にえ》のようにベッドの真ん中に横たえた。それから後ずさりして、オデッサを見つめながら上着とシャツを脱ぎ、次のジュエリーを手に取る。

ネックレスと同じティアドロップ型のイエローダイヤモンドを中央にあしらった繊細なアンクレットだ。

あられもなく興奮したオデッサは、ひざまずいたアレスが自分の片足を引き寄せるのを見守った。大きな手で片足をむき出しの胸に当て、もう一方の手に持ったアンクレットで内腿をなぞる。

震えがオデッサの体を走ると、アレスの顔にからかうような笑みが浮かんだ。「感じやすいんだな」

アンクレットを足首につけたあと、アレスはオデッサの足の甲にキスをし、潤った体の中心があらわになるまでゆっくりと脚を広げた。

「このときを長い間待っていた」彼がささやいた。

その声は満足げでありながらほろ苦さが感じられた。

「うれしそうじゃないのね」

「もし僕の思いどおりになっていたら、もっと早くこうしていただろう」

オデッサは口を開いたが、何を言おうとしたのか自分でもわからなかった。またあやまるためではなかった。十八歳の誕生日に犯した過ちの罰は十分受けたはずだ。

アレスの親指が少し乱暴にオデッサの上唇から下唇へとすべった。オデッサが唇を開くと、彼の息遣いが荒くなり、戦利品をあさる海賊のような熱のこもった視線が向けられた。興奮が高まるにつれ、二人の息が混じり合う。

「もう少し唇を開いて」アレスがかすれた声で言い、親指をオデッサの唇の間にすべりこませた。

オデッサはすぐに唇を閉じ、みだらでありながら崇高な感覚に喉からうめき声をもらした。

「ああ……」アレスが瞳を陰らせ、荒々しくつぶやくと、ベルトをはずしてズボンのファスナーを下ろした。そこでまた我慢できなくなったかのようにオデッサの喉からみぞおちへと指を這わせ、胸の谷間に下がるダイヤモンドまで戻って愛撫の手を止めた。そして目を上げて彼女を見つめながら指を再び下へとすべらせ、最も敏感な部分に当てた。「僕のものだ」

あまりにも原始的で率直な宣言だった。はっきりと言葉にされた所有欲に、オデッサの全身が震えた。

「言うんだ」アレスが促した。

「私はあなたのものよ」オデッサは官能に溺れながらささやいた。

アレスが親指をオデッサの口から引き抜き、前かがみになって片肘をつくと、彼女の髪からゆっくりとピンを抜き取った。ベッドに散らばったダイヤモンド付きのピンの一つ一つがきらきらと輝く。時間をかけて髪を枕全体に広げた彼は、耳元で官能的なギリシア語をささやきながら、脚の間に差し入れた指の動きを速めて彼女を狂気の頂点へと駆りたてた。

喜びが高まるにつれてオデッサの叫び声は大きくなっていった。彼女はアレスのたくましい腕に指を食いこませ、恐ろしいほどの快感に耐えた。

アレスが彼女の髪に指を差し入れ、視線を自分に向けさせた。「僕のために自分を解放してくれ。さあ」

快感がオデッサをのみこみ、電流のような衝撃が体を走った。やがてそれが静まると、アレスが熱いキスをした。

アレスが立ちあがったとき、オデッサの呼吸はまだ乱れていた。彼女は抗議したくなったが、これで終わりでないのはわかっていた。激しい欲求に駆られてアレスのほうを見ると、彼は残りの服を脱ぎ捨てていた。

二十代半ばのアレスは息をのむほど美しかった。それから十年がたち、知性と成熟が加わった今、オデッサは完全に彼の男らしさのとりこだった。

「気に入ったかい？」アレスが腰に手を当て、堂々と自分の体をオデッサの前にさらした。

顔がほてり、思わず視線をそらすと、彼が低い笑い声をあげた。

「答えなくてもいい。君を見ればわかるから」

オデッサが視線を戻すと、アレスはしばらく彼女のとがった胸の先やきつく合わせた腿を露骨に見つめていた。どんなに体の反応を否定したくても無駄だった。彼は自分がどれほど私を興奮させているか知っている。隠してどうなるの？

そしてオデッサは自身もアレスを高ぶらせていることを知り、両手で髪をかきあげた。すると、その動きを目で追ったアレスがごくりと唾をのみこむの間に身を置く。彼がベッドに上がり、オデッサの腿のがわかった。

　そのとたん、オデッサは不安になった。アレスがあまりにたくましかったからだ。だが、再び彼だけに集中すると、他のことは頭から消え去った。アレスのキスは官能的で、オデッサから自制心を奪った。彼の手が数分前と同じく喉からみぞおちへとすべるにつれ、いったんおさまった情熱に火がつき、燃えあがりはじめた。より激しく、より獰猛に。

　ダイヤモンドのきらめきと崇高なまでの歓喜の中で、アレス・ザネリスはついにサンテッラ邸という城に住んでいた禁断の王女を手に入れた。

　彼はオデッサのなめらかな肌触りに酔いしれた。初めて彼女と一つになり、引きしまったぬくもりに包まれて頭の中が一瞬真っ白になったが、深呼吸をして落ち着きを取り戻した。

　オデッサの飢えに満ちた叫び声やみだらな要求や懇願を、アレスは十分堪能した。長い間見たかった枕の上で波打つ豊かな髪も、ダイヤモンドが彼女の肌の上で輝くさまも。

　オデッサがアレスの名前を叫び、まるで彼が世界を滅ぼす大嵐の中の最後の筏《いかだ》であるかのようにしがみついた。そして、再びクライマックスに達したとき、アレスも完全に我を忘れた。だが頭の片隅では、いったん勝利をおさめても、渇望が自分の中でますますふくらみ、次の勝利を求めるとわかっていた。

　いや、それだけではすまないかもしれない。

　自分とオデッサの間のことは思っていたほど単純ではないかもしれないと、アレスは悟りはじめていた。

6

「おはよう《カリメーラ》」

近くから聞こえたその声は低くハスキーで、昨夜から今朝にかけてのきらめく記憶をよみがえらせた。

「眠っているふりをしても、体が目覚めているよ」アレスがざらついた声で続けた。

オデッサがレディらしからぬ悪態をつくと、アレスは笑い声をあげて彼女に腕を回してきた。

「おはよう」頬が熱くなるのを感じながら、オデッサは枕に顔を押しつけた。

「そうやっていつまでも僕を無視しつづけるつもりか?」アレスが尋ね、唇で彼女の耳たぶをなぞった。

無造作に肩をすくめてみたものの、体の奥はすっかり欲望に目覚めていた。「ごめんなさい。ベッドをともにした翌朝のマナーがよくわからなくて」

何を期待してアレスをちらりと見たのかわからないが、不快そうに小鼻をふくらませた彼の姿でないのは確かだった。オデッサが愚かにもどうかしたのかときこうとしたときにはアレスはすでにベッドから下り、目を細くしてこちらを見つめていた。

「私が何をしたというの?」

「あのろくでなしが最初の男じゃなかったと言ってくれ」

「誰のこと? あなたは私が接した自分や自分の父親以外の男性を誰でもろくでなしと呼ぶみたいね」

「ろくでなしと呼ぶ根拠はある」アレスの目に非難の色が浮かんだ。「パオロ・ロマーニのことだ——君が十八歳の誕生日にキスしていた。そのせいで僕は君の父親に何カ月も嘲笑された」

その出来事を思い出し、オデッサは寒気を覚えた。

アレスに冷たくされ、絶望に駆られてパオロの腕に身を投げ出したのは、オデッサの過ちだった。何もかも狡猾《こうかつ》な父親が仕向けたことだった。アレスにキスを目撃させるよう、パオロも加担していた。

あのとき、怖くなったオデッサがパオロを突き放そうとすると、かえって強く壁に押しつけられた。それでも激しく抵抗したあげく、彼の急所を膝蹴りして逃げ出したのだった。

「アレス――」

「楽しんだのかい？　僕とキスしたときのような気持ちになったのか？」

アレスの言葉はガラスの破片となってオデッサを切り裂いた。「いいえ」

「嘘《うそ》をつくな」アレスがいらだたしげに目を細くし、体をこわばらせた。

オデッサは耳障りな声で笑った。「嘘をつけたらよかったのに。あれは人生最高のキスだったと。そうすれば、あなたを、そして私自身を、こんなに憎むこともなかったでしょうね」

「あいつは退屈な男だった」

オデッサは黙っていた。すでに自分をさらけ出しすぎていたからだ。

「僕と一緒なら、君は退屈しないはずだ」

アレスの口調には男性的な傲慢さがにじみ出ていたが、自分がそうさせたのだとオデッサにはわかっていた。彼は実際に息もつけないほどの期待と興奮で私の全身に悲鳴をあげさせたのだから。どんなに時間がたっても、アレスが抱かせる感情は変わらないと気づき、オデッサは怖くなった。

そしてそんなアレスを憎みたいと願ったが、彼がありのままの自分でいいとオデッサに感じさせてくれたのは確かだった。

「もう終わりにしない？　あなたは答えを知っている。パオロとのキスは退屈だったわ。彼は私の初めての相手じゃない。私は今、あなたとここにいる。あなたの望みどおりに。それを喜んでほしいわ」

アレスは喜んでいなかった。

ベッドをともにした翌朝にオデッサと険悪な会話を交わしてから二週間後、アレスは心の中の悪魔に負けて彼女の十八歳の誕生日の出来事を蒸し返した自分を嫌悪していた。

だが、エリオ・サンテッラが僕を愚弄するために利用した役立たずのパオロ・ロマーニもオデッサを手に入れられなかったのだ。今では僕が勝利者ではないか。なのになぜまだ満たされないのだろう？

僕はオデッサの指に結婚指輪をはめた。少なくとも今後五年間は彼女は僕のものだ。なのになぜ？

オデッサが相手だといつもそうだが、さらに多くを求めてしまうからだ。

結婚後、二人の生活には一定のパターンができあがった。直接会って打ち合わせをする必要があるときを除けば、アレスはイスメネで仕事をこなした。用事があれば、オデッサと父親を島に残して出かけた。ありがたいことに、新妻は彼の島を明らかに気に入っていた。彼女がベッドで熱烈に歓迎してくれるのも都合がよかった。セックスには目的があるのだから。

アレスが不満なのは、まるで麻薬を断たれた依存症患者のように欲望のとりこになっていることだった。

彼は飛行機の座席から立ちあがり、落ち着かない気持ちで視線を再び腕時計に戻した。ロンドンを出発してから数分ごとに時間を確かめている気がする。そこへ乗務員が近づいてきた。

「何かご用はありますか、ミスター・ザネリス？」

「いや。ただ、着陸までの時間を知りたい」

「着陸まであと五十分です」

五十分後、またオデッサを腕に抱くことができる。彼女を妊娠させるために。

それだけか?

そうだ!

その目的以外は何も重要ではなかった。

しかし五十五分後、アレスはオデッサを腕に抱くことができず、胸に不安がこみあげていた。

「二人はどうしたんだ?」彼は家政婦に詰問した。

デメテルがいらだたしげに両手を腰に当て、耳を疑うように彼をまじまじと見た。「お二人は三十分前に車で出発されました。お父さまが島を探検したいとおっしゃって」

「車? 電動バギーではなく? 誰が運転していたんだ?」父は関節炎のせいで不本意ながらも運転をやめた。もしオデッサが慣れない道で僕のスポーツカーを運転したとしたら……。「オデッサか?」

デメテルが内心あきれているのがわかった。「そうです」

「だが、彼女はふだん運転をしない」アレスはそう言うと、めったに乗らないスポーツカーがあるはずのガレージに向かった。

ここでは車はほとんど不要だったが、車好きの父親に懇願されたのだ。たまにヨットでミコノス島やサントリーニ島に行くときは車を載せ、父親と一緒にドライブを楽しんだ。

がらんとした空間を見つめながら、アレスは舌打ちした。ポケットから携帯電話を取り出して番号を押しはじめたとき、パワフルなエンジン音が聞こえた。振り返ると、半キロほど先にある丘を黄色のオープンカーが登っていくのが目に入った。

スピードを出しすぎている。

もっとよく見ようと、アレスは私道を走った。車がエンストを起こしてから再び前方に飛び出すのを目にして、気が狂いそうになった。心臓が喉元までせりあがるのを感じつつ、彼は携帯電話を握りしめた。もし彼女に何かあったら……。

車をすぐに止めるようオデッサに叫びたい衝動に駆られた。だが、それで彼女の気が散ってしまったら？ 冷たい戦慄がうなじを走った。それから四分間、アレスは立ちすくんだまま、黄色い斑点のように見えていた車が私道の先に戻ってくるのをじっと見守りつづけた。

車がまたエンストし、ギアが耳障りな音をたてると、アレスはたじろいだ。車はもう一度揺れたあと、再びスピードを上げ、彼の立っている場所から十メートルほど離れたところで急停止した。

車の中の二人は笑顔だったが、アレスを見てその表情が変わった。

オデッサがエンジンを切る前に、彼は車に向かって歩きだした。「いったいどういうつもりだ？」

「ご挨拶ね」彼女が言い返した。

アレスは車のハンドルを握るオデッサがどんなに魅力的に見えるかを考えまいとした。ギリシアの太陽は明らかにいい影響を彼女に与えていて、日焼けした肌が驚くほど美しい瞳を引きたてている。

「質問に答えろ」彼は歯ぎしりしながら言った。

「二人でドライブを楽しみたかったのよ」

ちらりと父親を見たアレスは、その目に愉快そうな輝きがあるのに気づいて目を細くした。「少しもおかしくなんかない」父親に向かってギリシア語を投げつける。

父親が両手を上げて降参の意を表し、オデッサのこめかみに軽くキスをして車から降りた。

「そのしかめっ面は私を怖がらせるため？」オデッサが尋ねた。

アレスはガルウィングドアの開閉ボタンを押すと、手を差し出した。「キーを」

オデッサが彼をにらみつけながらキーを投げてよ

こした。

「降りるんだ。中で話そう」

オデッサは唇をとがらせたが、アレスに腕をつかまれて家に入った。彼は書斎に向かい、怒りを抑えようとしていたにもかかわらず、先にオデッサを中へ促すと後ろ手にドアをばたんと閉めた。

暖炉の前のソファに座ったオデッサが長い脚を組み、かすかに恨めしげにアレスを見た。

オデッサは書斎を歩きまわるアレスを見ていた。一分後、アレスが彼女の前で足を止めた。

「免許は持っているのか?」彼が詰問した。「僕の記憶では、君の父親は君がガレージに近づくのを禁じていた。女性は運転してはいけないと言ってね」

いまいましい記憶が胸を締めつけ、オデッサは顔を赤らめた。それは父親が娘を支配する多くの方法の一つだった。だが、ある日突然、教習を受けることを許した。運転を習いたいと粘り強く懇願する娘にいいかげんうんざりしたのだろう。

「持っているわ」アレスが驚いた顔をするのを見て、オデッサはほくそえんだ。

「それで何度自分で運転したんだ?」

オデッサは気後れを感じて肩をすくめた。「二、三度……」

「二、三度?」アレスが嘲るように繰り返した。「そのうちの何度が、父親が敷地内を移動するのに使っていた電動バギーではなくて、エンジンのついた乗り物だった?」

いらだったオデッサは大きく息を吐いた。「アントニオはたまに彼の車で買い物に行かせてくれたわ」父親がいないときに。

「庭師のアントニオが乗っていた時速三十キロしか出せない廃車寸前の軽自動車のことか?」

「何が言いたいの、アレス? そんなに怒るのはあなたの大事なスポーツカーに触ってほしくなかったから？　それとも別の理由があるのかしら？」

「別の理由？」アレスが冷ややかにきき返した。

「私があなたのお父さんと親しくするのがいやなの？」そう言いながらオデッサは胸がきつく締めつけられた。この二週間、セルジオスの善良さとやさしさに触れた彼女は、こんな人を父親に持ちたかったという切望をつのらせていた。アレスがそれを快く思っていないかもしれないと考えるのはつらい。

アレスが感情を抑えこむかのように深く息を吸いこんだ。それがなぜ自分をいらだたせると同時に興奮させるのか、オデッサは深く掘りさげようとはしなかった。

「あの車は小型飛行機より馬力があるんだ。一歩間違えば……」アレスが言葉を切った。何を言おうとしたにせよ、まなざしが陰るのが見て取れた。「最悪の事態になっていたかもしれないんだぞ」

その意味を理解したとき、オデッサは自分を恥じ、小さくうめいた。「ごめんなさい、アレス。セルジオスがドライブを懐かしがっていたから車を出したの。でも、やめるべきだった――」

アレスが身を乗り出した。「父のことを話しているんじゃない！」

間近で彼の青白い顔を見て、オデッサはどぎまぎした。「私を心配してくれたの？」

アレスのいらだちが吐息とともに消えた。「そんなに驚くことか？」

「あの……少しは」

彼の目を何かがよぎった。傷ついたような気配が……。もちろんそれは一瞬で消えたが、オデッサは胸の高鳴りを覚えた。

「アレス……」

「君には自分の健康と安全を守る義務がある。その点を忘れるな」

アレスが心配していたのは私ではなく、私が身ごもっているかもしれない子供だったのだ。そもそも私がここにいるのはそのためなのだから。

「あなたの繁殖牝馬《ひんば》としての務めをおろそかにするつもりはなかったわ」オデッサは苦悩と憤りが混じった声で言った。「でも、自分を真綿でくるむようなことはしたくない。それを受け入れて」

アレスが体をこわばらせたが、その瞳には何かの感情が宿っていて、オデッサは彼の言葉を誤解したのだろうかと首をかしげた。

「君を縛りはしない。自分で気をつけてくれれば、もうこんな話をする必要はない。急カーブや危険な崖のあるこの島で慣れないスーパーカーを運転することも含めて。わかったな？」

オデッサはすぐには同意しなかった。アレスが自分を、彼の子供を身ごもる牝馬以上の存在として見ているというしるしを探していたのだ。

「オデッサ……？」

「わかったわ、アレス」オデッサは急いで立ちあがった。「泳ぎに行っていいかしら？　それも危険すぎる？」

アレスの硬い表情がゆるんだ。「いいや。僕も一緒に行こう。君が旅先で危険にさらされるのは困るし、二人とも頭を冷やしたほうがいい」

プールに到着すると、頭を冷やそうとしたのは二人だけではないとわかった。セルジオスが寝椅子の一つに横たわり、遠近両用眼鏡をかけて車の雑誌を読んでいた。二人に気づいた彼は雑誌を脇に置き、ギリシア語で息子に何か言った。

アレスがオデッサをちらりと見て、口角を上げながら愉快そうに応じた。セルジオスが笑い、また何か言うと、アレスが探るような目で再び彼女を見た。

オデッサは白いTシャツを脱ぐアレスを見ないよ

うにしつつ、セルジオスの隣の寝椅子に向かった。

「その場にいる誰かが理解できない言葉を話すのは失礼だって知っているわよね？」

アレスのほほえみは本物のユーモアに満ちていた。しかも途方もなく魅力的で、オデッサは息をのんだ。

「早くギリシア語を覚えるといい」

落ち着かない気持ちを隠すように、オデッサは顔をしかめた。「二人で何を話していたの？」

「父がギリシアの気候は君に合っているようだと言ったんだ。僕も同じ意見で、日焼けした君はいっそう美しいと応えた。顔を赤らめるとさらに魅力的になると」アレスがつけ加えた。

彼に見とれる代わりに何かをしようと、オデッサは日焼け止めのボトルを手に取った。

この島に着いて以来、アレスの本心がわからずに抱えてきた不安は日を追うごとにつのり、オデッサは窒息しそうだった。アレスがすばやく立ちあがって受けとめてくれるまで、手からボトルがすべり落ちているのにさえ気づいていなかった。

アレスが顔をしかめて心配そうにオデッサを見てから、ジュースをグラスについで差し出した。「水分補給だ」

竜巻に巻きこまれてくるくる回る木の葉のように思考がまとまらず、何かしなくてはと、オデッサはグラスを受け取った。わきあがる感情を抑えられなくなると立ちあがって、金色とキャラメル色のビキニに合わせたビーチコートを脱ぎ捨てた。

アレスの視線が自分のあらゆる曲線にそそがれているのを痛いほど意識しながらプールに飛びこむ。アレスがいなかった二日間、どれだけ恋しかったことか。また彼とベッドをともにするのがどれほど待ち遠しかったことだろう。

生理が始まるのは数日後の予定で、妊娠しているかどうかまだわからなかった。アレスの留守中に妊娠検査薬を使えば答えは簡単に出たかもしれない。そうしなかったのは、彼とベッドをともにする必要がなくなるのを恐れたからだろうか。そう考えると、心臓が激しく打った。オデッサはプールの水面に浮かびあがり、息を吸いこんだ。そのとたんがっしりした手に腰をつかまれ、飛びあがった。

「君がいつまでも水にもぐっているから心配したよ。それとも人魚になってしまったのか？」

振り返ったオデッサは、ブロンズ色に輝くアレスの姿に息をのんだ。「それで私を助けに来たの？」

彼の白い歯が光った。「帰ってきたときに受けられなかった歓迎を受けたくてね。寂しかったか？」

「ぜんぜん」胸と脚の間がうずくのを無視し、オデッサは軽い口調で答えた。彼の唇がどれほどセクシーかも無視した。「あなたのお父さんと一緒に楽しく過ごしたわ」

アレスの目が熱を帯び、彼女の唇にそそがれた。

「思い出させたほうがよさそうだな」

オデッサが息を吸いこむと、胸が彼の胸板に触れた。「セルジオスが見ている――」彼女は弱々しく抗議しはじめた。

「うたた寝しているよ」

アレスの脚がオデッサの脚にからみつき、両手が彼女をぴったりと引き寄せた。それから彼は頭を下げ、ぎりぎりまで二人の唇を近づけた。

「君の夫にキスするんだ」

降参のうめき声をもらしながら、オデッサはアレスの唇に唇を押しつけた。そして彼がすぐに主導権を握って舌をからませてくると、歓喜に震えた。その激しさがうれしかった。アレスはキスでオデッサに正気を失わせるすべを心得ていた。

キスがますます深まり、オデッサはアレスのたくましい肩にしがみついた。腹部に当たる彼の高まりが、二人が一つになったときの感覚を思い出させる。

プールの中で恥ずかしげもなくアレスに自分を奪ってほしいと懇願することになると観念したとき、彼が背中をそらしてキスをやめた。

燃えるような視線がオデッサの顔をなぞり、そこに何を見たにせよ、満足げな表情が浮かんだ。

「そのほうがいい」アレスがそう言って、もう一度熱く短いキスを落とした。「父と使用人に目撃されたくなければ、この続きはあとにしよう」

まだ官能の渦に巻きこまれたまま、オデッサは黙ってうなずいた。

するとアレスはオデッサを解放し、数往復泳いでからプールを出た。再び寝椅子に座った彼が携帯電話を操作しながらも、じっとこちらを見ていることをオデッサは感じていた。アレスを無視し、興奮を静めるために彼女も何往復か泳いだ。その間、契約を守ってベッドでは妊娠することしか考えてはいけなかったのだと自分に言い聞かせた。今はその報いを受けているのだと。

ちらりとアレスのほうを見ると、まだ熱い視線をこちらにそそいでいた。契約の見直しを持ちかけることはできない。彼はその理由を知りたがるだろうから。自分の心が危険にさらされているなんて言えるわけがない。

オデッサは肌がふやけるまでプールにいた。アレスの携帯電話が鳴るのを聞き、ようやくほっと息をついた。だが、父親を気遣い、声をひそめて足早に去っていく彼を見ながら、愚かな心が再びときめいた。

アレスが家の中に戻ってさらにほっとしたと思いたかったが、自分を偽っているのはわかっていた。オデッサは素直に認めることができないほど彼を切望していた。数分後、アレスと距離を置くすべなどないと悟った彼女はプールから上がった。

寝椅子に近づいたとき、セルジオスが起きているのに気づいた。老人はほほえんだが、指を曲げようとして痛みに顔をゆがめた。

「大丈夫？」

セルジオスがつらそうにため息をついた。「この手が年老いたことを思い出させてくれるよ」

オデッサはアレスがいつも父親の指に塗っているクリームのチューブを見た。「もう塗ったの？」

セルジオスが首を横に振った。「息子は電話につかまってしまったから。よければ塗ってくれるかね？」

オデッサはチューブに手を伸ばした。「アレスにやってもらわなくていいの？」

「息子はここにいないが、君はいる。それに、君の手はアレスより柔らかい」セルジオスがからかい、オデッサが顔を赤らめると笑った。「君はもう私の娘だよ、かわいい子《ミクロス》」

オデッサの胸はぎゅっと締めつけられた。父親というものに対する深い憧憬と、これが周到に仕組まれた結婚で常に期限を意識させられる痛みのせいだった。

チューブの蓋を開け、クリームをてのひらに出すと、セルジオスのこわばった指をゆっくりマッサージしながらすりこんだ。老人の安堵《あんど》のため息が彼女の心を温めた。

「君なら完璧だと思っていたよ」セルジオスがいたずらっぽくウインクした。

オデッサが笑いだすと同時に、重い足音が近づいてきた。

二人を見たアレスが唐突に足を止めた。彼の険しい表情にオデッサの指が震えだした。セルジオスも顔を上げたが、息子の緊張に気づかないのか、あるいは無視することにしたのか、ほほえんだ。

「遅かったな。新しいマッサージ師見習いが見つかったよ。おまえよりずっといい仕事をしてくれる」

アレスは鼻を鳴らしたが、一瞬後にオデッサに向けられたまなざしは強烈だった。彼は椅子を引いて座り、オデッサのマッサージを観察しはじめた。

「ありがとう《エフハリスト》、ミクロス」やがてセルジオスが言った。

「どういたしまして《パラカロ》、セルジオス」オデッサは上の空で応じた。アレスのせいで気が散っていた。

アレスが鋭く息を吸いこんだ。

「ほら、彼女は我々の言葉を学んでいる。すぐに流暢《りゅうちょう》に話せるようになるだろう」

「そうだな」アレスが少し不機嫌に言った。「僕たちは着替えてくるよ。そろそろ夕食だ」

夕食の間じゅう、アレスは思案げなようすで、コーヒーとデザートがすむまでオデッサに視線を向けていた。プールで熱烈なキスをしたにもかかわらず、彼がそのあとベッドに誘おうとしなかった理由を、オデッサは考えずにいられなかった。

島を離れている間に私に興味がなくなったのだろうか？

緊張に耐えきれず、オデッサは立ちあがった。

「もう階上《うえ》に行くわ。おやすみなさい、セルジオス。また明日」

アレスのまなざしがさらに強烈になり、オデッサは思わず彼を見つめ返した。

「一時間後に僕も行くよ」

その言葉に、オデッサの胸は高鳴った。やはり興味がなくなったわけではないのかも……。

アレスが寝室に入ってきたとき、オデッサは期待をつのらせ、興奮のあまり息が詰まりそうになっている自分を叱っていた。

だが、彼の第一声がその愚かな期待と興奮を粉々に打ち砕いた。「オデッサ、僕にとって父は大切な存在だ。父を傷つけたら、二度と心の平安を得ることはできないと思ってくれ」

オデッサは近づいてくるアレスを見つめながら、ひそかに身をすくめた。アレスに敵意を向けられていると知って胸が痛んだが、彼の気持ちは理解できた。もしもアレスとセルジオスの間にあるようなつながりを自分の父親と持てたなら、私はどんなことでもしただろう。アレスがそうしているように、私も全身全霊で絆《きずな》を守ろうとしたはずだ。

「セルジオスを傷つけるようなまねはしないわ。約束する」

アレスが一瞬驚いた顔をしてから、シャツのボタンをはずしはじめた。「君はかつて約束をして、それを破った」彼の声はうつろで、まるでその事実を忘れたいのに忘れられないかのようだった。

オデッサは乾いた唇に舌を這《は》わせた。「そのことを話す？」

アレスはしばし彼女を見つめた。「ああ、あとで。今は他にすべきことがある。僕たちの取り引きを軌道に乗せるために」

その声ににじむ激しい渇望に、オデッサの胸の先がうずいた。その一方で、こちらの話を聞こうともしないアレスの態度に胃が痛くなった。

アレスがシャツをはぎ取り、一歩一歩、野蛮なまでに欲望をたぎらせて二人の距離を縮めてきた。オデッサはただ深呼吸をすることしかできなかった。

ローファーとズボンを脱ぎ捨てたアレスがオデッサの腰をつかみ、軽々と持ちあげて寝室の壁に押しつけた。二人の顔はほんの一センチしか離れていない。「君の脚がどれほど情熱的に僕にからみつくか……」

気がつくと、オデッサの手はアレスの素肌を探り、指は彼の髪にもぐりこんでいた。体の芯は熱くなり、期待ですでに潤っている。

アレスがいとも簡単に自分の思考と感情をかき乱したことがオデッサの反抗心に火をつけた。彼女はアレスを強く引き寄せ、二人の下腹部を密着させた。

「私の話を聞きたくないのなら、おしゃべりをやめてさっさと行動を起こしたらどう？」

オデッサの挑発がアレスを燃えあがらせた。彼はオデッサのヒップをつかみ、彼女の唇を貪欲に見つめた。「覚悟はできているか？」

「もちろんよ」この嵐を切り抜けたとき、もう自分には何も残っていないかもしれないと直感が警告していたが、オデッサは勇気をふるい起こして答えた。

アレスが力強く腰を動かしはじめた。それから三十秒もしないうちにオデッサは彼の名を叫びながら、直感は正しかったと悟った。

情熱の営みのあと、ベッドに倒れこんだオデッサは、アレスにしがみついた。そして彼の胸に頭をつけて眠りに落ちた。

7

オデッサはそれから数日間、落ち着きなく島を歩きまわって過ごした。十代のころにアレスに抱いていた気持ちは弱まるどころか、かえって強まったのではないかという不安に駆られていた。

アルゲーロがごつごつした岩や切りたった崖に波が打ち寄せる荒涼とした土地だったのに対し、ここイスメネは最北端に断崖絶壁が数箇所あるものの、ほとんどが白い砂浜と青い海に囲まれていて、天国とはこういうものかと思うほど平穏だった。

そんな断崖の一つに腰を下ろし、そよ風に髪をなびかせながらぼんやりしていたとき、急に五感がざわめいた。次の瞬間、夫の影がオデッサの上に落ちた。

「オデッサ」

条件反射的に彼女の頭のてっぺんから爪先まで震えが走った。

「どうかしたのか?」

アレスの低く深い声がオデッサの中に響いた。オデッサは数秒待ってから顔を上げ、彼を見た。

「ここを天国と比較していたの」

そう言ってオデッサがうつむいたことにいらだったのか、アレスがかがみこんで目線を合わせた。

彼の目が探りを入れてくる。いつものように。

「僕が来て、天国に思えなくなったのか?」

オデッサは肩をすくめた。「私の記憶が正しければ、サタンはもともと天使だったのよね」

アレスが口をゆがめた。「僕はどっちだ? 悪魔か天使か?」

「両方じゃない? もし不可能を可能にできる人がいるとしたら、それはあなただと思うわ」

彼の首がわずかに傾いた。「説明してくれ」

オデッサの口から自分でも思いがけない言葉が飛び出した。「私はあなたに救ってくれるよう懇願し、あなたはそうしてくれた。それから私を別の困難な状況に放りこんだわ」

アレスの目が暗く陰った。「いとしい人《アガピタ》、君はこの状況が君にとって苦難であるかのように僕に思わせつづけている」

オデッサの心が震えた。「私がいつ、自分が産んだ子供を平気で置き去りにできる女だとあなたに思わせるようなことをした?」

「それで君はいまだに僕が間違っていると証明するつもりなのか?」アレスがいらだたしげに尋ねたが、オデッサの答えが重要であるかのようにじっと彼女を見つめた。

「当然でしょう」オデッサはきっぱりと答えた。

しばらくオデッサを見すえていたアレスが水平線に目を向けた。彼女は胸の鼓動が速くなるのを感じながらその視線を追った。この重大だが扱いにくい話題を避けたい一方で、いつまでも向き合わないでおくわけにはいかないとわかっていた。

もし妊娠したら、私の人生は大きく変わる。そして、もし妊娠しなかったら……。

先月の今ごろには考えもしなかったことに、どうして心の準備ができるだろう？

「ここで何をしていたんだ？」

オデッサはアレスの視線が散歩に持参したスケッチブックにそそがれているのに気づいた。自分の描いたデザインをじっと見られ、顔がほてった。

「ただの落書きよ」

「そうは思えない」彼が手を差し出した。「見せてくれ」

オデッサは首を横に振った。父親の叱責が頭の中にこだまする。

「誰かにけなされたから、僕もそうすると思っているのか？　もしかして君の父親では？」

アレスの推察に胸が締めつけられたが、オデッサは答えなかった。しかし、彼は手を引っこめない。

一分ほど無言で抵抗したあと、オデッサはしぶしぶスケッチブックを渡した。そして、アレスが一枚一枚に目を通す間、気後れを感じて黙っていた。恥ずかしさで死ぬのではないかと思ったとき、彼が視線を上げた。ショックを受けたような、感動したようなアレスの表情に、彼女ははっとした。

「このデザインは全部君が描いたのか？」

「そうよ」彼が次に何を言うか、聞きたくなかった。

「自分でもわかっている――」

「すばらしい出来だと？　ああ、そのとおりだ」

オデッサは目を見開いた。「えっ？」

「君がインテリアデザインに熱中していたのは覚え

ている。君の父親がカレッジに通わせてくれたんじゃなかったか？」

「とんでもない」オデッサは苦々しく笑った。「でも、数年前にオンラインコースを受講したわ」

アレスがうなずいた。その目はまだ驚きと尊敬の念で輝いている。「夢を追求できてよかった」

オデッサの胸は躍った。世界で最もすばらしい不動産を所有する億万長者アレス・ザネリスが感銘を受けているのだ。

アレスがスケッチブックを返した。「さて、僕たちの夢についてだが……」鋭くなった視線がオデッサの腹部にそそがれた。

オデッサは深く息を吸いこみ、そうすれば自分の気持ちが落ち着くというようにスケッチブックを胸に押しつけた。「妊娠しているかどうか、まだわからないの。予定日の昨日は生理が来なかったけど、今日少し出血があったわ」

生理の予定日までの日々は耐えがたいほど長く感じられたが、一方でめまいがするような期待に満ちていた。妊娠していない可能性が出てきた今でも、オデッサはアレスを見あげながらわずかな希望にしがみついていた。

彼の表情からは複雑な感情が読み取れた。困惑、落胆……恐怖……？

オデッサはかぶりを振った。おそらく気のせいだろう。

「生理が来たのに、君は報告しようと思わなかったのか？」

アレスは渦巻く感情にふさがれそうな喉からなんとか言葉を発した。オデッサが妊娠したかどうか知りたいのはやまやまだったが、自分から彼女にきこうとはしなかった。ベッドをともにしたからといってすぐに妊娠するわけではないのはよくわかっている。だが……。

結婚式の翌日から続いていた不安定な感情は消え去り、代わりに同じくらい憂慮すべき感情が生まれていた。失望、むなしさ、ショックが……。

オデッサが唇を噛《か》み、銀色の瞳を陰らせて答えた。

「ときどき生理が遅れることがあるから」

「なるほど」アレスは落ち着いた口調で応じた。心の中で起こっている反応とは正反対だった。「正確にはどういうことだ？　生理は来なかったのか？」

オデッサの顔に浮かんだ苦悩がまっすぐに胸を射抜き、アレスは自分の期待の大きさを思い知った。

彼女も同じだろう。だが、そのときオデッサが顎を上げた。こんな深刻な状況でなかったら、アレスは愉快になり、彼女を誇らしく思ったに違いない。

「タンゴを踊るには二人必要だという事実をあなたに思い出させる必要はないわよね。タイミングがよくなかったのかもしれないわ」

「ああ。自分の男としての能力を誇示したいのはやまやまだが、セックスしたからといって妊娠するわけではないのはわかっている」

オデッサの肩から少し力が抜けた。「私……」

「僕に責められるとでも思ったのか？」

「責められてもしかたないと思ったわ」

その言葉に、アレスはひどく傷ついた。

「僕はうまくいかないことを女性のせいにするような男尊主義者ではないと、もう一度思い起こしてほしいね」彼はかぶりを振り、髪をかきあげて落ち着きを取り戻そうとした。

オデッサは黙っている。彼女は本当に僕のことをそんな見下げはてた男だと思っているのだろうか？僕は娘を駒のように扱ったエリオとは違う。彼女に選択権を与えたのだ！　しかし、数年後にオデッサがその選択権を行使するかもしれないと思うと、妙に胃が締めつけられた。

アレスはもう一度かがみこみ、オデッサのうなじに手を回して目を合わさせた。そして彼女の表情を探るうちに、絶望に似た感情がわきあがった。

オデッサの唇は固く結ばれ、目は鋭く彼の瞳を見つめている。「私があなたのことをどう思っているか気になる？」

ああ。愚かなことだとわかっているが。

「結果がわかるまで待つよ」アレスは体を起こし、携帯電話を取り出しながら彼女に手を差し出した。

「おいで」

オデッサが顔をしかめた。「どこに行くの？」

「妊娠していないとは限らない。どちらにせよ、確かめに行こう」

彼女がアレスの手に視線を落とした。それから、また反発を目に宿して首を横に振った。「少し話し合ってからにしましょう」

荒々しい笑い声がアレスの口から飛び出した。

「君には感心するよ、アガピタ。いつも完璧なタイミングで反抗心を見せつける」

「自分の望みのために戦っているだけよ。それを尊重してほしいわ」

アレスも頭の一部では尊重していた。もし自分自身に正直になるならば、オデッサが犯罪組織の一族に生まれながら道徳的に汚れていないという事実が、最初に彼女に惹《ひ》かれた理由だった。だからこそ、彼女の裏切りがいっそう受け入れがたかったのだ。しかしエリオが裏で操っていたことを知った今では、情状酌量の余地があると考えていた。

アレスは改めて胸を締めつけられながら、オデッサに拒まれた手を下ろして拳に握った。それからもう一方の手でヘリコプターのパイロットに電話をかけ、アテネ行きの準備をするよう伝えた。

通話を切った瞬間、オデッサが衝動に駆られたように口走った。「あなたが子供の親権を独占するのは納得できないわ」

アレスも衝動的に強く言い返した。「当初の契約を変えるつもりはない。子供たちに僕と同じ経験をさせるわけにはいかないんだ」

オデッサが立ちあがり、服についた砂を払い落とすと、断固とした表情で彼に向き合った。「あなたのお母さんがあなたやセルジオスにしたことはあまりにもひどいわ。私は決してそんなまねはしないと誓う——」

「やめてくれ」アレスはさえぎった。亡くした妹のことを思い出すと、怒りと恨みでいっぱいになった。オデッサがその話を持ち出すとは……。彼はうなり声をのみこんだ。「母だって誓ったんだ。両親の結婚式のビデオを見たことがある。二人とも幸せそうだった」

「一夜にしてお母さんの気持ちが変わってしまったわけではないでしょう？　何かあったのでは？」

アレスは唇をすぼめた。「父は母を愛するあまり世界さえ与えようとしていた」オデッサのまなざしがなごんだ。セルジオスと一緒にいるときと同じように。実を言うと、アレスは父親に軽い嫉妬を覚えていた。「だが、母は父の長時間労働や雇い主への献身を快く思わなくなった。結局、運転手の妻としてサンテッラ家の恩恵のもとで暮らすことにも満足できなくなったんだ」

アレスと父親がなめた苦しみの記憶は、棘《とげ》のついた錨《いかり》のごとく彼の心に根を下ろしていた。

「二人の誓いが灰と化すのにたいして時間はかからなかった。父は母を引きとめるために身を粉にして働いたものだ。妹を連れて出ていくという母に、父は置いていくよう懇願したが、母は拒否した。父がどれほど傷つくかわかっていたからだ。僕の子供をばらばらにするようなまねはさせない」

オデッサの顔に激しい反発が浮かんだ。「私の子供でもあるのよ！　それを忘れないで！」

つらい記憶をたどり、アレスの心はぼろぼろだった。「僕たちの結婚は始まったばかりだ。結論を出すのはまだ早い」

オデッサは苦悩と怒りに満ちた目をして後ずさった。「始まったばかりかもしれないけれど、あなたの善意はすぐに底をつきそう」

アレスのねじれた胃に罪悪感の槍《やり》が突き刺さった。青白い顔に反抗的な表情を浮かべて横を通り過ぎるオデッサを見て、槍がさらに深く食いこんだ。

〝結論を出すのはまだ早い〟

オデッサは必ずアレスの間違いを証明するつもりだった。子供の親権を彼に渡すという現実は自分の心を完全に壊してしまうからだ。

早く行動を起こさなくてはという気持ちは、アテネに近づくにつれて強くなっていった。オデッサの隣では、アレスが陰りを帯びた表情で沈黙を守っている。他の男性なら、緊張しているか、この先のことを心配しているのだと考えたかもしれない。ヘリコプターでギリシアの首都に向かう間、彼は携帯電話の着信音を無視し、タブレットで仕事をしていた。

着陸して一時間もしないうちに二人はクリニックに到着した。

検査を受け、血液を採取される間、オデッサはアレスと医師が交わす視線から何も読み取ろうとはしなかった。医師の真剣な表情がわずかにやわらぎ、豪華な診察室を歩きまわっていたアレスがようやく足を止めたときも、希望を抱くまいとした。

出ていった医師が戻ってくるまでの三十分は耐えがたかった。だから、医師がギリシア語でアレスに話しかけるのを聞き、無礼を承知で声をあげた。

「どうなっているのか教えてください！」

医師がにっこりした。「出血は心配ありません。

再チェックしましたが、なんの問題もありませんでした。おめでとうございます、ミセス・ザネリス。あなたは妊娠しています」

医師の言葉の重みにオデッサは息が止まりそうになった。

私は妊娠している。アレスの子を。

喜びとパニックと決意がオデッサの中で激しく渦巻いた。アレスのほうに顔を向けると、獰猛《どうもう》なまでの強いまなざしでこちらを見ていた。

以前からアレスのことを独占欲の強い男性だと思っていたけれど、今の彼には比ぶべくもなかった。まるでオデッサをむさぼりつくそうとしているかのようだった。

オデッサは医師の説明をほとんど聞いていなかった。全神経がアレスにそそがれていた。ゆっくりと近づいてきたアレスは、しばしオデッサの顔を観察してから片手を顎に添えて上に向け、もう一方の手を彼女の腹部に当てた。

「僕の子だ」彼がささやいた。

「私たちの子よ」子供に対する権利は同等だと伝えるため、オデッサは訂正した。

アレスの鼻孔がふくらみ、目に独占欲が燃えあがるのがわかっても、オデッサは引きさがらなかった。これは人生で最も重要な戦いだった。アレスの手からぬくもりが腹部に伝わり、彼に身をゆだねたいという原始的な欲求がわき起こったが、目をそらさなかった。

アレスが手を離すと、オデッサはうめき声を抑えるため唇を噛んだ。その反応を見て、彼が探るような目をする。がっかりしたことに気づかれる前に、彼女は背を向けてバッグを取りあげた。「イスメネに戻るの？」

「医師の話を聞いていなかったのか？　また出血する可能性もあるから、もう少しこっちにいてほしいと言っていただろう。僕もアテネで用事がある」

オデッサは肩をすくめた。「あなたがいつもの男尊主義を発揮するんじゃないかと見張るのに忙しかったのよ」

アレスがなぜか愉快そうに笑った。「それで？　心配したとおりだったか？」

「まだわからないわ」オデッサは窓の外の晩秋の日差しに照らされたアテネの景色をちらりと見た。「太陽の下を散歩したいと言ったら、猛反対する？　苦労して勝ち取った自由を満喫したいと言ったら？」

アレスの目に何かがよぎった。

「ランチに誘うつもりだったんだが」

とっさにイエスと答えたくなったが、アレスに身をまかせたい衝動に屈するまいという気持ちもあった。「まだ何も食べられないと思うわ」

子供を身ごもったという事実を受けとめるまでは。

私は母親になるのだ。

アレスの温かい手が腹部に戻ってきて、オデッサはあえいだ。

「熱中症になるといけないし、散歩は一時間だけだ。そのあと運転手が家まで送るから、何か食べて休むといい」彼がざらついた声で言った。

オデッサは喉に詰まった塊をのみこんだ。「わかったわ」

アレスの目がふいに熱を帯び、視線がオデッサの唇に落ちた。次の瞬間、アレスは彼女の手を取り、クリニックから連れ出して高級ＳＵＶ車へ向かった。そして後部座席に乗りこむと運転手に指示を出した。

十五分後、車は六階建ての洗練されたビルの前で止まった。ビルの上部には銀色のＺの文字が掲げられている。ザネリス社の本社だ。

アレスが長々とオデッサを見つめてからようやく言った。「夕食のときに会おう」

アレスが車を降りた瞬間、オデッサは彼を呼び戻して、気が変わった、一緒にランチをとろうと伝えたくなった。堂々とした足取りで歩くアレスを、通行人たちが何人も振り返っている。

車が走りだすと、オデッサはさっきまでアレスの手があった腹部に手を当て、畏怖の念に打たれた。あと九カ月足らずで私は母親になる。この子は自分が経験しなかったやり方で育てなければ。娘は役に立たないという父親の偏見のせいで、母親は世話をすることを許されなかったのだ。

性別がどうであれ、アレスは子供をきちんと育ててくれると思うと、気持ちが落ち着いた。だが、オデッサがよい母親になれるかどうかを疑っている点は気にかかった。

彼は正しいのだろうか?

オデッサはその思いを抑えこみ、刺すような胸の痛みを必死に静めた。子供の幸せのためなら、私は山だって動かすだろう。

「どこへ行きましょうか、ミセス・ザネリス?」

運転手の問いかけが混乱した感情のただ中にいるオデッサの耳に届いた。彼女は深呼吸をして、窓の外に目をやった。今、私の人生は神のごとき一人の男性に支配されている。でも、大事なものを守るためなら、戦わなくては。

運転手が返事を待っているのに気づき、オデッサは無理にほほえんだ。「街を観光したいの。そのあと公園へ連れていってくれる?」

運転手がうなずいた。「かしこまりました」

交通渋滞のせいで時間がかかったが、アテナ・ニケ神殿に到着すると、そのかいはあったと思った。さらに驚かされたのは、そこにアレスがいたことだ。スーツからTシャツとジーンズ、黒の革ジャンに着替え、パワフルな黒いバイクに寄りかかっている。

オデッサのあらゆる神経がざわめいた。「さっき別れたのに、ここで何をしているの？」

アレスが肩をすくめた。「僕のほうがずっといいツアーガイドだと思ったからだ」

その傲慢な物言いにオデッサは天を仰いだ。「仕事があるんじゃなかったの？」

「打ち合わせは後回しにできる」アレスはバイクのキーと引き換えに車のキーを運転手から受け取り、その後一時間、自分の主張が正しいことを証明した。

リカヴィトスの丘からの絶景を眺めるために車から降りたオデッサは、うなじがざわつくのを無視して深く息を吸いこんだ。

「なんの匂い？」

アレスがほほえんだ。「串焼き《スブラキ》だ。おなかがすいたかい？」

オデッサはうなずいた。「食べてみたいわ」

「ぜひ」

二人は小さな公園の近くで足を止めた。台座にのせられた神々の胸像が遊歩道にいくつも置かれている。

「通りを渡ると屋台がある。すぐ戻るよ」

オデッサが手前の胸像に近づいたとき、さっきのざわつきが戻ってきた。不安の原因を突きとめようと振り向く前に、押しつぶさんばかりに強く腕をつかまれ、引っぱられた。

「私から逃げられると思ったのか？」

あまりに聞き慣れた冷酷な声に、オデッサは身震いした。目を上げると、怒り狂ったヴィンチェンツォ・バルトレッリがにらみつけていた。

「まさか、こんなところまで――」

「私には自分の持ち物を取り戻す権利がある」

どうやって見つけたのかきいても無駄だった。彼のような男にはいくらでも方法がある。オデッサがすべきは、できるだけ早くヴィンチェンツォから離れることだった。五メートルほど先に止めてあるバンの後部のドアが開いているのを見れば、彼の意図は明らかだ。

オデッサはもがき、ヴィンチェンツォに車のほうへ引っぱられると叫び声をあげた。さらには彼の手を引っかいたが、いっそう強く引っぱられて、恐怖がこみあげてきた。

私は白昼堂々誘拐されてしまうの？

もし私がアレスの子を妊娠していることをこの男が知ったら……。

恐ろしい考えに胃が締めつけられ、心臓が早鐘を打ちだした。車のドアのそばには屈強なボディガードが立っている。

車に乗せられてしまったら一巻の終わりだ。オデッサはヴィンチェンツォの不意をついて膝をつき、彼の手をすり抜けて舗道にころがった。

それでほんの数秒稼いだが、すぐに狂暴なうなり声があがった。オデッサが再び悲鳴をあげようとしたとき、ヴィンチェンツォとボディガードがいきなり殴り倒された。

オデッサが立ちあがろうともがくと、温かく力強い腕が体に回され、彼女は安心感に包みこまれた。

「オデッサ！　大丈夫か？」アレスが心配そうに尋ねた。

オデッサはうなずき、彼のぬくもりにひたった。

「ええ……大丈夫よ」

「もう心配ない」

アレスがギリシア語で何かささやきながらオデッサの体を撫《な》で、なだめた。数分後、サイレンが鳴り響き、警察官がヴィンチェンツォを連行した。

アレスはヴィンチェンツォへの怒りとオデッサへの心配をかろうじてこらえるように震えながら、救急隊員が彼女を診るのを見守った。

それがすむと、再びオデッサを腕の中に抱き寄せた。「オデッサ……」

彼女は恥も外聞もなくアレスにしがみつき、嗚咽《おえつ》混じりの息をもらした。「私は大丈夫よ」

「それを判断するのは僕だ」アレスが荒々しく、危険をはらんだ声で言った。通行人たちが顔を見合わせて通り過ぎていく。

アレスはそれを無視し、揺るぎない足取りで自分のSUV車に向かった。

「でも、警察が――」

「当てにならない。僕が始末をつける」

オデッサのシートベルトを締めると、アレスは鋭い視線を彼女に向け、静かにドアを閉めた。運転席に座り、エンジンをかける彼の顎はこわばっていて、明らかにぎりぎりの精神状態にあるようだ。オデッサはアレスに危険を冒させたくなかった。

「ヴィンチェンツォがここまで追ってくるなんて信じられない……」考えを思わず声に出してしまったのに気づき、身震いした。


アレスがハンドルを握る指に力をこめ、低くうめいた。「あの男を甘く見ていた僕が愚かだった」その言葉には後悔と激しい怒りがにじんでいた。

アテネの家に着き、オデッサが車から降りる前に、アレスが助手席側に回ってきて彼女を抱きあげた。

「自分で歩けるわ」オデッサは抗議した。

「わかっている」心配そうな家政婦が開けた玄関のドアから中に入りながら、アレスがぼそりと言い、階段を二段ずつ上がってスイートルームへ直行した。

そしてオデッサを自分のベッドの端に座らせると、バスルームへ急いだ。一分後、革ジャンと靴を脱いで戻ってきたアレスはオデッサの前にしゃがみこみ、うつろな表情でTシャツをゆっくりと脱いだ。その姿に、すでに呼吸が乱れていた彼女は息が止まった。

アレスはTシャツを脱ぎ捨てると、無言でオデッサのワンピースの裾をつかんでめくった。

オデッサは彼の手を押さえた。「何をするの？」

アレスの顔が苦しげにゆがんだ。「君が無傷かどうか、この目で確かめたいんだ。そして、あの男の感触をぬぐい去ってやりたい」

彼の口調の激しさがオデッサの心を揺さぶった。彼女自身もそうされたかった。

数秒後にはワンピースは脱がされていた。ブラジャーとショーツがそれに続く。アレスの目と手がオデッサの体を隅々までくまなく探った。すりむけた膝に気づいたとき、彼はくぐもった声をもらし、目に凶暴な光を浮かべた。

体を起こしたアレスは再びオデッサを抱きあげ、その顔をじっと見つめた。

「あの男が君に触れたのはこれで二度目だ。三度目は決してない」燃えるような怒りのこもった暗いうなり声で彼が誓った。

8

オデッサは半裸のアレスの感触に溺れ、言葉を発することができなかった。そもそも、危険な崖っ縁に立っているような彼の背中を押すことを言ってはならない。

アレスはまずオデッサのすり傷を消毒し、自分はボクサーショーツをはいたまま、温かいシャワーの下に彼女を立たせた。そして、泣きたくなるほどやさしく体を洗った。そのあと髪をタオルで拭き、柔らかい厚手のコットンのローブを着せると、再び彼女を腕に抱きあげて寝室に戻った。

シャワーを浴びている間にトレイが運ばれていた。アレスがオデッサをベッドに下ろしたとき、携帯電話が鳴りだした。彼の父親からだった。彼は画面に目をやり、顔をしかめた。

「私にかまわず電話に出てあげて。セルジオスを心配させたくないわ」

緊張が解けたようすでアレスがうなずいた。

二人の会話はほとんどギリシア語で交わされたが、オデッサは気にしなかった。これで自分を取り戻す時間ができた。私も赤ちゃんも無事だったのだ。

枕に頭をつけたものの、脳裏をよぎる最悪のシナリオを断ち切れず、オデッサは喉から小さなうめき声をもらした。腹部に手を当て、そのどれもが実現しなかったことに感謝の祈りを捧《ささ》げた。

気づいたときにはアレスは電話を終えていた。こちらに向けられた彼の目には、オデッサが抱いているのと同じ感情が浮かんでいた。

アレスの反応に心臓がどきどきし、オデッサは起きあがった。自分の心の平穏を考えるなら、絶対に読み取りたくない感情だった。

「セルジオスは変わりなかった？」二人の間の熱を帯びた雰囲気から気をそらすように尋ねた。

アレスの喉からとまどいのにじんだ声がもれた。

「自分のことを心配すべきときに、父のことを気にかけるのか？」

オデッサは肩をすくめた。「あなたのお父さんは心配性よ。自分の大切な人たちが手の届かないところでトラブルに巻きこまれていたら愉快じゃないでしょう。それに、私はマルチタスク――同時にいくつかのことをするのが得意なの」

オデッサのユーモアは通じなかったが、気にならなかった。一瞬たりとも自分から視線を離さないアレスのことで頭がいっぱいだったからだ。

「ああ、愉快じゃないね」携帯電話からセルジオスの声がした。

通話が切れていなかったのに気づき、オデッサははっとして口を押さえた。アレスが唇をゆがめて電話を差し出した。「父は自分の目で君の無事を確かめるまで電話を切らないだろう」

セルジオスの心配そうな顔が画面いっぱいに映し出されたとき、オデッサはほほえみながらも涙ぐみそうになった。

「かわいい子《ミクロス》？」

「私は大丈夫よ。本当に」

セルジオスはうなずいたが、自分が経験した事故を思い出したのか、沈痛な面持ちだった。「五年前、君が私たちのためにしてくれたように、今度は私たちが君のために祈りを捧げる番だ」

オデッサは大きく息を吸いこんだ。「そのことをどうして知っているの？」

「何を知っているだって？」アレスが尋ねた。

オデッサは唇を引き結び、セルジオスに向かって首を振った。

セルジオスの笑みは温かく穏やかで、すべてを包みこむようだった。「息子に話してやってくれ」

オデッサはアレスに視線を向け、打ち明けた。「事故のことを知ったとき、私はセルジオスのために祈りを捧げたの。そしてあなたのためにも」

アレスの顔をさまざまな感情がよぎった。

「彼女はそれ以上のことをしてくれた。毎朝蝋燭《ろうそく》をともし、使用人たちにもそうするよう頼んだ」

自分の気持ちが暴露されるようでオデッサは怖くなった。「セルジオス……」

彼女の抗議に老人はかぶりを振った。「いや、黙っているわけにはいかない。君は父親に逆らって礼拝堂で何時間も私と息子のために祈ってくれた。息子はそれを知るべきだ」

オデッサの顔が熱くなり、感情が喉を詰まらせて、目に涙がこみあげた。

アレスが探るように彼女を見つめた。「本当なのか？」

「そうであってほしいの？」

一瞬、アレスが愕然《がくぜん》とした表情を浮かべ、それから断固として言った。「質問に答えるんだ」

「本当よ」オデッサは消え入りそうな声で告白し、視線をそらした。彼の命が危うかったあの三週間を思い出すと、今でも胸が痛くなる。

アレスはオデッサから電話を取りあげると、父親に二言三言何か言い、通話を切った。「オデッサ、こっちを見るんだ」彼がざらついた声で命じた。

オデッサは勇気を出して彼の目を見た。アレスは意外にも当惑を顔に浮かべていた。おそらく人生で初めて確信が持てないのだろう。まるでオデッサに心を根底から揺さぶられたかのようだ。

「なぜだ？」短い間を置いてから、アレスが尋ねた。

本当の理由が舌先まで出かかったが、オデッサはかろうじてそれを押し戻した。すでに多くのことを明かしすぎていたからだ。

「あなたがどう思っているにせよ、私は冷たい女じゃないからよ」

永遠に思えるほど長くアレスはただオデッサを見つめつづけた。それから立ちあがり、部屋の反対側に向かった。話題が打ち切られてオデッサは安堵《あんど》していいはずだったが、覚えたのは敗北感だけだった。

やがてオデッサのそばに戻り、ベッド脇に膝をついたアレスは不可解な表情を浮かべていた。「君は複雑な女性だ、いとしい人《アガピタ》。僕がまだ知らない面もあるが、一つだけ言えるのは、君は決して冷たい女なんかじゃないということだ」そこでまたしても長々とオデッサを見つめ、身を乗り出して彼女の唇の端にキスをした。「ありがとう《エフハリスト》」

「どういたしまして《パラカロ》」反射的にそう応えたものの、オデッサは内心混乱していた。二人の距離が縮まった気がするものの、定かではなかった。「セルジオスは執事から聞いたのね」

「父はいつも君のことを気にかけている」アレスがそっけなく言った。

胸の中のぬくもりがさらに広がった。だが、何か肝心なものが欠けている。望むことを恐れていたものが。

「わかっているわ」

「父はアテネに来たがっている。僕は来るなと言ったのに」

オデッサはうなずいた。「もうすぐイスメネに戻るのなら、その必要はないでしょう」

アレスの目に何かがよぎったが、すぐに消えたので読み取ることができなかった。それから彼はトレイをオデッサの膝の上に置いた。「食べる暇がなかっただろう」

皿に盛られた料理を見て、オデッサは目を見開いた。スブラキだ。いつの間に用意したのか、きこうとは思わなかった。香ばしい匂いに誘われておなかが鳴る。温かな薄いパンに肉をのせ、濃厚なソースをかけて二つに折ると、一口かじった。

思わずもれたうめき声に、アレスの目が熱を帯びた。彼はオデッサが二つ食べるのを見届けると、ためらう彼女に三つめを手渡した。オデッサはそれを受け取り、今度はゆっくりと食べた。

オデッサが食べおわると、アレスはトレイを下ろし、彼女に上掛けをかけて、こめかみにキスをした。

「ゆっくり休んでくれ」

枕に頭をつけたオデッサは、アレスが寝室のドアから姿を消したときにはすでにまぶたが重くなっていた。

オデッサは夢を見つつもぐっすりと眠った。二度ほど髪を撫《な》でられたような記憶があるが、すぐに眠りに戻った。数時間後に目を覚ますと、携帯電話を耳に当てて寝室の外のテラスを歩きまわるアレスの姿が目に入った。

　視線を感じたのか、彼が通話を終えて部屋に入ってきた。

「大丈夫？」

　アレスは顔をしかめて電話を見おろし、ポケットに入れた。「もう少し時間はかかるが、解決しつつある」

「警察からだったの？」

　一瞬ためらったのち、アレスがうなずいた。「この警察署長は友人なんだ。ヴィンチェンツォの雇ったばかどもが、あの男が君の誘拐計画を立てていたことを白状したそうだ。ヴィンチェンツォは愚かにもイタリアではなくギリシアで犯罪を犯した。この国ではあの男の影響力は小さく、袖の下も通用しない。君の叔父も、ヴィンチェンツォを助けるために指一本でも動かせば、自分にも害が及ぶとわかっているだろう。むしろヴィンチェンツォの逮捕は彼にとって好都合のはずだ。僕と同じくらいに」

　自分が眠っている間にアレスが手際よくことを処理したと知り、オデッサは上掛けを握りしめた。

「要するに、あなたは自分の権力にものを言わせたってこと？」

　アレスが尊大にうなずいた。彼の目には固い決意がきらめいている。「そのとおりだ。欲しいものを手に入れるためなら、ためらわずに自分の権力を利用する」

　私のため？　それとも我が子のため？

　アレスの考えに反発すべきなのはわかっていたが、おなかの子供の命が守られたことを思い、オデッサは彼の信条を全面的に受け入れた。ただ、その権力をこちらに対して使おうとしたら、持てるものすべてをかけて戦うと心に誓った。

「ありがとうと言っておくわね」

　オデッサの言葉になぜかアレスは顔をしかめると、

ベッド脇に膝をついて彼女の頬を撫でた。

「気分はどうだい？」

オデッサはごくりと唾をのんでから口を開いた。

「気分はいいわ。もう終わったんですもの」

またもや眉根を寄せてアレスが立ちあがった。

「出発前に何か必要なものはあるかい？」

オデッサは首を振った。

「一時間以内に出発しよう」アレスはそう言うと、また長々と彼女を見つめてからテラスに戻った。

オデッサは立ちあがり、腕と膝の痛みを無視して自分の寝室へ向かった。だいなしになったワンピースは、ありがたいことに消えていた。クローゼットから、上等な白いコットンでできたドルマンスリーブのトップとパラッツォパンツを選び出す。痣《あざ》を隠してくれるうえ、日焼けした肌によく似合う。髪を指でとかしてからゆるいシニヨンに結い、お気に入りの香水を一吹きして身支度を終えた。


アレスの寝室に戻ると、オデッサの旅行バッグが用意されていた。中にスケッチブックも入っている。

アレスは玄関ホールでオデッサが階段を下りてくるのを待っていた。その視線はあらゆる表情を読み取る必要があるかのようにじっと彼女にそそがれている。オデッサは顔を赤らめて目をそらし、そばをうろうろしている家政婦を安心させるためにほほえんだ。

外に出ると、強面《こわもて》のボディガードに囲まれたSUV車が目に入り、オデッサは顔をしかめた。

「こんな厳重な警備が本当に必要なの？」

「必要だ」アレスがきっぱりと答えた。

車がヘリポートを迂回《うかい》して私設飛行場へ向かい、大きなジェット機の前で止まったとき、オデッサはアレスに向き直った。

「なぜジェット機なの？　ヘリでイスメネに行くんじゃないの？」

「計画変更だ」彼が険しい顔で答えた。

「どう変更したのか、教えてちょうだい」

アレスの表情は読めなかった。「イスメネが気に入ったのか？」

否定することはできない。「ええ」

「それなら、これから行くところも同じくらい気に入るはずだ」アレスが手招きした。「おいで」

オデッサは不満を抱えながらも興味をそそられ、深呼吸をしてから車を降りた。

数時間後、オデッサは青々とした芝生に寝ころんでいた。

自家用機はザンジバル島へ飛んだ。タンザニア沖に浮かぶこの島は、オデッサにとって地図を見て憧れを抱くだけの楽園だった。今までは。

空港から長時間ジープに揺られてたどり着いたのは、アフリカとアラビアとヨーロッパの文化が融合したエキゾチックな美しい土地だった。

イスメネと同じく、アレスの広大なヴィラは美しいビーチに立っていた。しかしイスメネとは違って、ビーチには椰子《やし》の木が揺れ、パウダーのような白い砂とターコイズブルーのインド洋と美しい珊瑚礁《さんごしょう》を楽しめた。ヴィンチェンツォとは数千キロも離れていると実感できた。

ただ、アレスはより陰鬱になり、しばしばオデッサに休息を取るよう勧めた。イスメネのときとは違って、二人の寝室は隣り合っておらず、アレスの寝室が自分の寝室とは反対側の棟にあると知ったとき、彼女はひどく落胆した。

意図的なのか、そうでないのか。

その後数日間、オデッサがそのことを話題にしようとするたびに、アレスはそれを察知するのか、違う話を持ち出した。オデッサは心をもてあそばれている気がした。

すっかりうんざりしたオデッサは、島に到着してから一週間後、アレスの書斎に向かった。

ボッティチーノ産の大理石の床が足を冷やしてくれたが、てのひらは汗ばみ、心臓は早鐘を打っている。ドアをノックすると、アレスの低くハスキーな声が返ってきた。

アレスは建物の設計図やファイルが散らばった巨大なデスクの向こう側に座っていた。

「オデッサ」彼が驚いた顔で立ちあがり、出迎えた。

「昼寝をしているのかと思っていたよ」

「考え事があると眠れないの」

アレスが眉をひそめてオデッサの手を取り、肘掛け椅子に促した。そこに座らせるのかと思ったが、彼は自分が腰を下ろし、膝の上にオデッサを向かい合わせに座らせて腕を回した。

「どんな考え事だ？」

それまではどう切り出せばいいのかさえわからなかったのに、きかれたとたん、言葉が出てきた。

「もし私があなたの子供を産むことに同意していなかったら、私をヴィンチェンツォとフラヴィオのもとに送り返していた？」

アレスの体がこわばるのを感じたが、オデッサは質問を撤回しようとはしなかった。

「今はそんなことはどうでもいい」

「否定も肯定もしないのね。ヴィンチェンツォが私に結婚を迫るのを黙って見ていたかしら？」

アレスの指が消えかかったオデッサの膝の傷跡をぼんやりと撫でた。オデッサが固唾をのんで答えを待っているのを察していたとしても、彼はそんなそぶりを見せなかった。

「いや、君を送り返しはしなかっただろう」しばしの沈黙のあと、アレスが言った。「これで満足か？」

オデッサは胸の高揚感を静めようとしたが、できなかった。「ええ」

アレスが彼女の髪に指を差し入れ、自分に注意を向けさせた。「だからといって自分が優位に立っているとは思わないでくれ」

「そんな気はないわ」

アレスが疑わしげに目を細めた。「それが本心に聞こえないのはなぜだろう？　君はただ僕が聞きたいことを言っているだけにしか思えないんだが」

笑みがこぼれそうになるのを抑えるのにオデッサは苦労した。彼の腕の中でじっとしているのにも。

「あなたがうたぐり深いたちだからじゃない？」

「もぞもぞ動くのはやめてくれ」アレスの目が熱を帯びた。オデッサは自分が炎に包まれていないのが不思議に思えるほどだった。

「だったら放して」

アレスは放さなかった。代わりにオデッサの唇を見つめ、喉の奥からうめき声をもらした。彼の唇が開き、ミントの香りの温かい息が彼女にかかった。

オデッサは期待に全身を締めつけられた。しかし、キスを求められると思った瞬間、アレスが彼女に回していた腕をほどいた。

手足が鉛のように重く感じられ、オデッサは立ちあがったとたん、また彼の膝の上に戻った。

「もう私が欲しくないの？」

アレスの体が硬直し、目が陰りを帯びた。「どうしてそう思う？」

「ベッドをともにする取り決めをあなたが変えたのは明らかだからよ」声がかすかに震えたが、オデッサは嘲りをこめて答えた。

アレスは無表情で顎をこわばらせたまま長い間黙っていた。それから荒々しく息を吐き出した。「君は僕の目と鼻の先で襲われたんだぞ、アガピタ。僕の子を身ごもっているとわかった日に。君が重態の僕のために祈ってくれたと知った日に。そのことが僕たちの関係を変えてしまった気がするんだ」

オデッサの胸は高鳴った。それは、私への気持ちが変わったということなのだろうか？

「どんなふうに？」希望がわき、声がかすれた。

アレスの腕が再びオデッサの腰に回されたが、すぐにまた離れた。

「少なくとも僕は自分の欲望を君にぶつけるようなまねはしたくない。君が望まない限りは」

「つまり、ボールは私のコートにあるってこと？」

支配的な男性にとって相手の優位を認めるのはむずかしいに違いない。だが、しばらくしてアレスは重々しくうなずいた。「そうだ」

オデッサの望みどおりの展開ではなかったが、一歩前進したのは間違いなかった。すぐにでも用心深さを捨て、アレスにしがみつきたいところだったが、彼女はなんとか立ちあがると、脚の間で脈打つ欲求を意識しながらドアに向かった。

しかし、それ以上に強く意識していたのは、胸の奥に広がるぬくもりだった。オデッサはドア枠に手をかけて振り返った。

「アレス？」

オデッサのヒップを見ていたアレスがさっと視線を上げた。「なんだ？」かすかに顔を赤らめて尋ねる。

「私を助けてくれてありがとう」

アレスは長い間ただオデッサを見つめていた。それから突然うなずき、タブレットに手を伸ばした。

「出ていくときはドアを閉めてくれよ」

オデッサは気持ちがほんの少し楽になり、その場をあとにした。そして、アレスがいかに簡単に自分の優位を取り戻したかに気づいた。

もちろん、話し合うべきことはもっとあるけれど、一つは解決した。出産まで九カ月以上ある。残された障害はそのうち克服できるだろう。

考えが甘いとささやく小さな声を無視して、オデッサはキッチンに向かった。

住みこみのシェフが顔を上げ、人なつっこい笑みを浮かべた。オデッサは要望を伝え、料理に没頭した。途中でふいに肌がざわめきはじめた。顔を上げるまでもなく、誰が入ってきたのかわかった。彼の香りはベシャメルソースやミートソースの濃厚な匂いにも負けていない。

アレスが大理石のカウンターにもたれかかり、オデッサに向かって眉を上げた。

「ここで何をしているんだ？」

「何をしているように見える？　ラザニアを作っているのよ」

「ミシュランの星を獲得したシェフがいるんだぞ」

「ええ、でも、彼はフランス人よ。私の母が作ったようなラザニアは作らない」

「君のお母さん？」

オデッサはうなずいた。「母の数少ない思い出の一つよ」そう言って、こみあげる感情を振り払った。

「とにかく、母は私がいずれ自分の子供たちに伝えられるよう秘伝のレシピを教えてくれた。それをあなたのシェフに作ってもらうわけにはいかないわ」

オデッサがおなかに手をやると、アレスの表情がまた変わった。ショックを受けたように見える。

しかし、アレスはすぐに感情を抑えこみ、食欲をそそるベシャメルソースとミートソースに視線を向けた。思わず舌なめずりしたことに自分では気づいていないらしい。

オデッサは笑みをこらえ、満足感にひたった。スプーンを手に取ってソースをすくい、息を吹きかけて少し冷ます。「味見してみて」

ソースを味わったアレスが小さく悪態をついた。笑わないようオデッサは舌を噛《か》んだ。「そんなにまずい？」

彼の唇がゆがんだ。「いや、まあまあだ」

「まあまあなのに、唇をなめるのね」

アレスが咳払《せき》いをした。そしてオデッサはそれを世界で最もセクシーな音だと思っているのに気づき、はっとした。うっとりしてはいけない。

彼女がパスタとソースを交互に重ねた耐熱容器をオーブンに入れると、それまで黙っていたアレスが口を開いた。「これからもそういうことをするのかい?」

「どういう意味? 私が指一本でも動かすたびに反対するつもり?」

アレスが肩をすくめた。「指一本動かすのならいい。だが、体力を消耗することをしてはだめだ」

オデッサはため息をついた。「この先九カ月間、フルーツジュースを飲みながらペディキュアをしてもらって、ぶらぶら過ごすつもりはないわ」

愉快そうな笑みを一瞬浮かべてから、アレスが首を振った。「そうだと思ったよ。だが、いい考えがあるんだ」

オデッサはサラダを作る手を止め、慎重にトングを置いた。二人が初めてごくふつうの夫婦のような会話を交わしているのに気づき、少しでも間違った動きをすれば、せっかくのなごやかな雰囲気が壊れてしまうのではないかと恐ろしかった。

アレスがオーブンのタイマーを確かめ、手を差し出した。「時間はあるな。おいで」

オデッサの警戒心は不安へと変化した。このところ、階段ののぼり下りにアレスが手を貸してくれる以外に二人がまともに触れ合うことはなかった。彼と手をつなぐのは、あまりにも親密な感じがした。

アレスが顔をしかめた。二人の間のこの気軽な空気を失いたくなくて、オデッサは彼の手に手を預けた。

アレスはオデッサを書斎へ連れていった。彼のデスクの向かい側に置かれた長テーブルには、ザネリス社が手がけた建物のミニチュア模型がいくつも並べられていた。だが、オデッサの視線をとらえたのは自分のスケッチブックだった。

「僕が持ってきたんだ」彼女のとまどいを察したように彼が言った。

「どうして？」

「君さえよければ、手伝ってほしいからだ」

驚きのあまり、オデッサの心臓が喉元までせりあがった。「本当に？」あふれる感情で声がかすれた。

アレスがすぐにうなずいた。「君の才能は埃《ほこり》をかぶらせておくには惜しい」

強烈な喜びがこみあげたが、オデッサはそれを抑えこもうとした。これまでの人生は、心と魂を吸い取られてしまうようなつらい出来事の連続だった。

〝お仕置きされたくないなら行儀よくしろ〟

〝男に生まれなかったことをその身で償え〟

この申し出はアレスの善意から出たものなのだろうか？　それとも、隠された意図がある？

オデッサは自分の中でせめぎ合う感情が顔に表れていないよう願いながら言った。「どういうことなのか教えてくれる？」

アレスがしばし彼女を見つめてから、一番高い建物の模型を顎で示した。「アブダビに建てている最新のタワーは半年後に完成する。最上階の四十階は住宅で、五つのペントハウスがある。残りの階は店舗と商業施設で、僕のチームがインテリアデザイナーの候補を探しているところだ。もし君がこの仕事を引き受けてくれるのなら、候補探しをやめるよう伝えたい」

オデッサはぽかんと口を開けたが、すぐに首を横に振った。「私には無理よ」

「本音を言ってくれ、オデッサ」

「あなたの子供を身ごもったからって、私を優遇してくれる必要はないわ」

アレスが唇をゆがめた。「身びいきや気まぐれから決断を下して今の成功をつかめるわけがない」

　もちろんそうだろう。

「縁故採用だと指摘される心配はないの？」

　尊大な態度でアレスが肩をすくめた。「仮にそう思われても僕は気にしない。君が望むなら、この仕事は君のものだ」

　オデッサは一瞬口がきけなかった。「そんな簡単に決めてしまっていいの？」

「ああ《ネ》」アレスがきっぱりと答えた。

　彼が本気だとわかると、オデッサは精巧に作られた模型を見つめた。豪華なタワー、スポーツ施設、小さな公園のある住宅地。それらすべてに名前がついていた。彼女にはまだよく理解できないテーマがあるようだった。

「このタワーはなんと呼ばれているの？」彼の申し出を消化し、憧れの仕事ができる喜びを噛みしめるためにオデッサは尋ねた。

　すぐに返事がなかったのでオデッサが顔を上げると、アレスはなんとも言いがたい表情をしていた。まるで不意をつかれたかのようだった。

「まだ決めていない」

　オデッサはそれが必ずしも真実ではないと感じたが、自分の心の中をこれ以上混乱させたくなかったので、追及はしなかった。

「それで？」一分後、アレスが促した。

　オデッサは喉の奥にこみあげたものをのみこんだ。

「さっそくサンプルを集めて、検討するわ」

　アレスがうなずいた。「よし。それとは別にシェフのことだが、彼をキッチンに戻してくれるね？　これ以上締め出されたら、癇癪《かんしゃく》を起こすと思う」

　オデッサは思わず笑みを浮かべた。二人でキッチンへ戻りながら、高揚感を抑えることができなかった。アレスがラザニアを平らげ、すぐにお代わりを要求したときには心から満足感を覚えた。

夫に対する自分の気持ちは穏やかとはほど遠いものだと認めざるをえなかった。これまでもずっとそうだったのだろうか？

オデッサは先ほどのアレスの申し出に予想以上に心を揺さぶられていた。夢に見たキャリアと家庭に手が届きそうになっている。

もっとも、アレスの根深い不信感と親権への執着を忘れたわけではない。少なくとも万が一の事態に備えておかなくては。

なぜなら、自分の子供という問題は、なりゆきにまかせるにはあまりにも重要だから。

9

半年後

オデッサはこれほど長く事態を放置すべきではなかったと認めた。

というのも、数週間のつわりを経て順調に進んだ妊娠とは異なり、オデッサとアレスの関係は行きづまっていた。昼間はどこか他人行儀に接し、夜になるとそんな態度を嘲笑《あざわら》うように二人は情熱的に欲望を満たした。それでも、かたくなに二人の契約について考え直そうとしないアレスに対抗し、オデッサは自分の心のまわりに壁を築いていた。

セルジオスが待つイスメネに戻ると、緊張はやわらいだ。あるいは、二人して幸せな結婚生活を装っていたのかもしれない。もっとも、セルジオスの目をごまかせているとは思えなかった。

だが、オデッサはついに苦悩から解放された。弁護士との一時間に及ぶ内密の話し合いにより、いざとなれば子供たちの共同親権を申したてるのに十分な根拠があるとわかったのだ。アレスに隠れて弁護士に相談することには罪悪感を覚えたが、むしろ彼のやり方を見習ったのだと自分に言い聞かせた。アレスは私と子供たちを引き離そうと仕組んだのだから、私には弁護士の助言を求める権利がある。

アテネで面会する約束を取りつけると、オデッサは電話を切った。契約書では子供はアレスの生まれた国で産むことが条件だったので、二人はじきにアテネに帰るはずだった。

今、オデッサは出産前の最後の超音波検査のために寝室のベッドに仰向けになり、大きなおなかに手を当てていた。

アレスが寝室へ入ってきた。彼の魅力的な姿にうっとりしないよう、オデッサは気を引きしめた。

「よろしいですか？」女性医師がほほえみながら尋ねた。「今日は運がよければ、性別がわかるかもしれませんね」

アレスがいつもと同じようにオデッサの横に腰を下ろし、鋭い視線を彼女に向けた。「知りたいかい？」

「ええ」

彼がうなずいた。

医師がオデッサの腹部に探触子《プローブ》をすべらせた。胎児の心音が部屋に響くまで、オデッサは息を止めていた。心音が聞こえ、画像が現れると、アレスが彼女の指に指をからませた。手を重ねるのは、いつもならベッドの中だけだ。二人の奇妙な膠着《こうちゃく》状態が崩れつつあるのではないかと、オデッサはひそかに期待した。これは私にとってチャンスなのでは？

「お子さんは順調に育っています」医師が告げた。

アレスの目が熱を帯び、画面に釘《くぎ》づけになった。

オデッサは目が潤むのを感じてまばたきをした。

「ハンサムな男の子だ」

オデッサは彼の手の中で拳を握った。高鳴る心臓が彼女の言いたいこと、怖くて言えなかったことを叫んでいるようだった。

医師の次の言葉はほとんど聞き取れなかったが、そこでセルジオスが寝室に入ってきて、オデッサは焦燥感から解放された。

「健康な孫が生まれることだけが私の願いだ。孫にクラシックエンジンについて教えるのが楽しみだよ」セルジオスが真顔になった。「同じ失敗を繰り返してはならないという人生の教訓も。そうだろう？」老人の視線はまず息子に、それからオデッサにそそがれた。その視線はかつてないほど鋭く、彼女の心に深く刺さった。

そのせいで、二時間後にアレスを捜しに行き、彼の寝室でスーツケースを発見したときは、いっそううろたえた。

「出かけるの？」自分の声が震えているのがいやだった。アレスの留守を嘆くのは、ときおり見せる彼のやさしさをどれほどうれしく思っているかという証《あかし》だった。

顔を上げたアレスが医師に渡された超音波写真に置いた指に一瞬力をこめ、唇を引き結んだ。「二、三日で戻る」

オデッサが髪をかきあげると、ブレスレットが目に入った。地元の工房で自ら作ったそのタンザナイトのブレスレットは、イスメネでいかにくつろいで過ごしているかを思い出させるはずだった。しかし今日は、この楽園にどれだけ長くいるかを思い出させるだけだった。いくらここが美しくても、自分の心が本当に切望するものの代わりにはなりえなかったのだ。

「ここにはもうずいぶん長くいるわ。いつまでいればいいの?」

アレスがTシャツをもう一枚スーツケースに放りこんだ。「君の身の安全が保証されるまでだ」

「それまでどうするの? 昼間はよそよそしく、夜は情熱的な生活を続けるの?」

アレスの困惑した顔を見て、オデッサは笑いたくなり、次に泣きたくなった。彼にとって自分は、切望するほど重要な存在ではないと思い知らされた気がした。

「何を言っているんだ?」

ああ。必死にもがいている自分とは対照的に、落ち着き払っているアレスが憎らしかった。彼が心を動かされているように見えるのは、オデッサの妊娠に関わることだけだった。あるいは、彼女が自分の欲求に負けてアレスを求めたときだけだ。

オデッサはそれにうんざりしていた。こんな会話が必要なことにも。

「あなたはほとんど私と顔を合わせない。私が部屋に入ると、数分後には出ていってしまう。あなたには私の父と似たところがあるわ。父と比較されて不快に思うかもしれないけれど、他の男性を知らないから父を基準にするしかないの」

アレスの目に憤怒が燃えあがった。「オデッサ《ディオ》――」

「こんな生活はもういや。私が何をしたか言ってよ。言わないなら出ていくわ。たとえ百キロ泳がなければならないとしてもね」アレスの顔がこわばっても、オデッサはかまわず続けた。「毎晩ベッドをともにしても、私たちの問題は解決しないわ」

アレスが探るように目を細めたが、彼女はその目の奥に何かを感じ取った。期待? 希望?

「だったら、どうすればいい？」

オデッサはいったん唇を引き結んでから訴えた。

「信じてほしいの、私を」

私たちを。

その言葉にならない言葉がオデッサの胸を締めつけた。彼女は再び腹部に手を当て、自分がなんのために戦っているのかを思い起こした。

「過去を繰り返さないために」

アレスの目がオデッサの腹部にそそがれた。一瞬、彼が何か言うに違いないとオデッサは確信した。だが、アレスは荷造りを終えると、ぎこちなく背を向けた。

「これからアブダビへ行って、プロジェクトの最終確認をしなければならない。そのあとはヴィンチェンツォの判決が出るから、アテネにいる必要がある」

オデッサはそのことを忘れていた。何カ月も罪を免れようと画策したあげく、ヴィンチェンツォはついに罪を認め、裁判にオデッサが出廷する必要はなくなった。おそらくアレスが手を回したのだろう。オデッサはそのことに感謝しつつも、自分の主張を曲げるつもりはなかった。

「ヴィンチェンツォが刑務所に入ったら、君の帰国について話し合おう」

その言葉にオデッサの怒りが爆発した。「私が帰国するのにあなたの許可がいるみたいな言い方ね。あなたの気まぐれで世界じゅうを連れまわされることに同意した覚えはないわ」

スーツケースの持ち手を握るアレスの指の関節が白くなった。「これは気まぐれじゃない。契約に書かれていたことだ。君は間違っている」

オデッサは鋭く息を吸いこんだ。「なんですって？」

アレスが唇をゆがめた。「小さな活字も読まなく

「だが――」彼は歯を食いしばった。「何？」

「君は手に入れられないものに憧れを抱かせた」

オデッサはぽかんと口を開けた。「たとえば？」

アレスは答えなかった。二人はまるまる一分間、黙って同じ空気を吸っていた。

「もうどうでもいい」

「どうでもよくないわ。あなたが私に望んでいるとは知らなかったのに、私を責めるのなら。少なくとも私には知る権利があるはずよ」

アレスの視線が超音波写真にそそがれた。彼が再びこちらを見たとき、その目には殺伐とした感情が浮かび、オデッサは息が詰まった。

「いいだろう。君はかつて僕に希望を抱かせた。だがそれも、君が他の男の腕の中にいるのを見るまでだった。僕たちが交わした約束には意味があると思っていたのに」

「だが――」彼は歯を食いしばった。

では。僕には世界じゅうどこへでも君を連れていく権利がある。君と一緒でなければ、どうやって妊娠させられるんだ？」

「私はもう妊娠しているわ」

アレスが肩をすくめた。「契約は契約だ」

冷たいものがオデッサの胸に広がった。「なぜそんなまねを？　私は子供を傷つけたりしないと、まだ信じられないの？」アレスが口を開いたが、オデッサはかまわず続けた。「そもそも私は何も悪いことはしていないわ。あなたは厳しすぎる基準で私を判断している。人間なら過ちを犯すこともあるわ」

「子供に対して過ちを犯させるわけにはいかない」

「もうたくさんよ、アレス！　私は十八歳の誕生日に、あなたではない人とキスをした。父の前であなたを悪く言ったこともある。その二つの出来事で、永遠に私を罰するつもり？」

「いや」アレスが近づくと、日差しがさえぎられた。

「意味はあったわ」

アレスの目に非難を見て取り、オデッサは動けなくなった。「もし僕たちの立場が逆だったら？ 僕が他の女性と抱き合っていたら、君はどう感じた？ ささいな過ちとして受け流せたか？」

オデッサは喉が詰まって答えられなかった。アレスにそんなことをされたら、私はとことん打ちのめされただろう。彼を許せたかどうかわからない。でも……。「私はあなたを一生責めつづけはしなかったと思いたい」そしてアレスも、今こそこだわっているけれど、一生責めつづけはしないと思いたい。彼女の一部はその希望にしがみついた。

アレスが手を上げてオデッサの頬をなぞったとき、希望がさらにふくらんだ。「だが、僕はギリシア人だ。報復を忘れはしない。さて、この話はもう終わりだ。僕たちの間にどんな問題があろうとも、君に僕の子供を産む義務があることに変わりはない」

決定的な言葉だった。苦痛の波にのまれ、オデッサは息ができなくなった。アレスは私を何よりもまず繁殖牝馬《ひんば》として見ているのだ。

「自分が何を言ったかわかっている？ あなたは他の人とキスをした私を憎んでいるのではないわ。本当に欲しいものに手を伸ばすことを恐れているのよ。あなたはこれから降りかかるすべての苦しみから自分を守ろうとしている。それはかまわないわ。でも、そのために私に残酷になる必要があるの？」

オデッサは生まれて初めて、愕然《がくぜん》としているアレス・ザネリスの姿を見た。口がわずかに開き、深い困惑が表情に表れている。

数秒後、彼は首を横に振った。「そんなつもりは……」

「いいえ、悲しいことに、あなたは私を傷つけているのに気づいていない。私たち二人のために、どうして戦わないの？ 私がかつて知っていたやさしくて思いやりのある男性ではなくなったのなら、もう戻ってこないで」そう言ったとたん、オデッサは魂を焼かれるような感覚に襲われた。アレスが本当に戻ってこないかもしれないという恐怖で胸がいっぱいになった。

アレスが目を見開き、顔に浮かんでいた困惑がショックに変わった。

彼は初めて言葉を失っていた。

だが、オデッサは気を強く持った。自分の心を守らなくては。この状態がいつまでも続けば、私の心はぼろぼろになってしまうから。

オデッサは一歩下がった。そしてもう一歩。

すると、まるで彼女に引っぱられたかのように、アレスが反射的に前に踏み出した。

オデッサがさらに一歩下がったとき、アレスが動きを止めた。そしてまったくの無表情で、私を行かせないでと無言で懇願する彼女を見つめた。

しかし、オデッサを引きとめようとはしなかった。

一週間後、オデッサはチェス盤の向かい側に座るセルジオスに無理にほほえみかけた。しかし、物思わしげな老人の表情は晴れなかった。アレスの留守について話し合ったことはないが、セルジオスがそれを喜んでいないのはわかっていた。

「私は年寄りだが、君にわざと勝たせてもらっていい気分になるほど年老いてはいないぞ」セルジオスが言った。

オデッサははっとしてセルジオスに目を向けた。老人のおどけた表情を見てチェス盤に視線を戻すと、あと三手で負けるところだった。

「いやだ、ごめんなさい……」

セルジオスが手を振って謝罪を一蹴した。その目にはユーモアがひそんでいるが、表情は驚くほど真剣だった。「いいんだ。それより、早くなんとかしないと」

老人のきっぱりした口調にオデッサは驚いた。アレスは鋼鉄のような意志の強さを誰から受け継いだのかと思っていたが、その答えを初めて目の当たりにした気がした。ふだんのセルジオスはユーモアを忘れない男性だが、その根底には容赦ないまでに揺るがない意志がある。

「それは……どういう意味かしら？」

セルジオスの口元がゆがみ、息子を彷彿《ほうふつ》とさせた。

「行動すべきときなのに、君はただ悩んでいるだけだ」しわだらけの顔に苦悩が刻まれた。「私はときどき思うことがある。家庭が崩壊しそうなときにかたくなな態度をとらず、もっと早く行動していたら、違った結果になっていたかもしれないと」

オデッサはテーブル越しに老人の手に手を重ねた。おなかの子供をすでに自分以上に愛している今、セルジオスのような経験をすることは想像するだけでつらかった。「セルジオス、私は……」

老人がオデッサの手を軽くたたいた。「君の気持ちはよくわかる。だが、その気持ちを行動に表してほしいんだ」彼女の腹部にそそがれたあと再び顔に戻った視線は好意と誇りに満ちていた。「私の孫には、君と息子が築く最高に幸せな家庭がふさわしい。君が考えているような、頭の固い息子と別々に暮らす家庭ではなくね」

オデッサがあっけに取られると、セルジオスが鼻を鳴らした。

「私は盲目ではない。君たち二人が私のためにすてがうまくいっているふりをしているのはわかっている。取り返しのつかない事態になる前に、修復の労力を惜しまないでくれ。それとも、そんなことは望んでいないのかね？」セルジオスが再び容赦なく切りこみ、ただの穏やかな老人ではないことを思い知らせた。

「いいえ、望んでいるわ」

セルジオスが彼女の手を握った。「さあ、勝負に集中してくれ。戦略的な思考が、息子を屈伏させる方法を見つけるのに役立つかもしれない」

それから二人はさらに三回、真剣に頭を使って勝負をした。そしてその夜、オデッサは朝起きたときとは少し違う計画を立ててベッドに入った。

セルジオスの願いを無にすることはできない。オデッサは上掛けを引き寄せながら、人生で最も重要な戦いに勝ちたいという衝動に駆られた。

アレスは無駄な希望を抱かせたと私を非難した。でも、その希望が無駄ではなかったとしたら？　もし私に、二人を夢にも思わないほど幸せにする力があるとしたら？

そのとき、腹部に強い衝撃が走り、オデッサは息をのんだ。少なくとも私には味方が一人いる。いや、二人だ。セルジオスは最終的には息子の味方をするだろうが、今は彼を頼りにできる。

私は子供のためだけに戦うのではない。夫のためにも戦う。

その意欲は、翌朝の朝食後、アレスの設計チームとビデオ会議を始めて一分もたたないうちにさらにかきたてられた。

「ミセス・ザネリス、あなたがオデッサ・タワーの設計チームに加わってくれたことを、私たちは喜んでいます。あなたのデザインはすばらしい」

オデッサははっとした。「すみません、今なんとおっしゃいました？」

緊張した視線が向けられた。「何かおかしなことを言いましたか？」

「いいえ」オデッサはあわてて言った。「ただタワーの名称がよく聞き取れなくて」

「ああ……オデッサ・タワーと呼ばれています」

指先がぴりぴりし、その感覚が全身に広がった。

オデッサの脳裏に、質問に答えなかったアレスの姿がよみがえった。彼は自分が建てた最新のタワーに私の名前をつけたの？

私のことなんて気にかけていないはずなのに。深読みするのは危険だけれど、もしかして……？

これまでずっと切望してきたものが手に入るかもしれないとささやく声はあまりにも魅力的だった。

気がつくとチームの面々がいぶかしげにこちらを見つめていた。オデッサは咳払《せき》いをして微笑を浮かべた。「私もチームに加われてうれしいわ。では、始めましょうか？」

オデッサは初めて関わるプロジェクトを成功させるという強い決意を胸に、会議に集中した。アレスは最新のタワーに私の名前をつけた。

この契約結婚を長続きさせて本物の結婚にしたいから？　いや、それは違う。彼は父親を幸せにする以上のことは考えていないはずだ。


でも……。

オデッサは深呼吸をし、ペントハウスの内装が自分の三案と他のデザイナーの二案に決まったときも緊張を解かなかった。四週間後の正式オープンまでに完成するという内装の予想図の3Ｄ画像を見たときも、驚きのあまり息をのみそうになるのをこらえた。

「ミセス・ザネリス？」チームリーダーがおずおずと声をかけた。

オデッサは申し訳なさそうにほほえんだ。「ごめんなさい。皆さんがいかに効率よくプロジェクトを進めてきたかを知って感嘆していたの」

その称賛の言葉に、会議室のあちこちから歓喜の声があがった。

ビデオ会議を終わらせると、オデッサは検索エンジンを起動させ、次から次へと調べていった。新しい事実を知るたびに、息が浅くなった。ザネリス社の最近のプロジェクトや開発物件にはすべて、彼女にちなんだ名称がつけられていた。サファイア・アイランド――サファイアはオデッサのお気に入りの宝石だ。ジェミニ・プレイス――双子座《ジェミニ》は彼女の星座。オッキオ・ダルジェント――イタリア語で〝銀色の瞳〟を意味する。それにオデッサ・タワー。

十個目でオデッサは手を止めた。心が最後の鎧《よろい》を脱ぎ捨てた。私は深読みしているに違いない。でも、もしそうでないとしたら……もしアレスが私になんらかの感情を持っているとしたら……。

気が変わる前にオデッサは携帯電話に手を伸ばし、連絡先リストの一番上にある番号を押した。

「オデッサ」

低い声が体の中に響き渡り、自分はこの男性のために存在するのではないかという思いがこみあげてきて、オデッサは電話を強く握った。

「どうかしたのか？」アレスの声が鋭くなった。

オデッサは首を横に振ろうとして、彼には見えていないと気づき、その事実に笑いそうになった。

「いいえ、どうもしないわ。ただ……新しいタワーに私の名前をつけたのね？」

何千キロも離れたところからでもアレスの警戒心が伝わってきた。

「ああ《ネ》」しばらくしてから彼が答えた。「チームが描いていたイメージにしっくりきたから」

オデッサは怒りの波に襲われた。「もしそれが本当の理由なら――」

「どうして信じない？」アレスがどことなく身構えたようすでさえぎった。

その態度がなぜかオデッサの気分をほんの少しよくした。「そもそも、あなたは私に相談しなかった。そのうえ、これが契約結婚にすぎないと強調した」

しばらくしてアレスがため息をついた。「どうしても知りたいなら言うが、最初に君の名前が頭に浮かんだんだ」そっけない口調から、認めたくなかったのだとわかった。「それ以外の名称はどれもぴんと来なかった」

携帯電話を握る手から力が抜け、呼吸が浅くなった。「わかったわ」

「話はそれだけか？　午後は忙しいんだ」

ひそかな計画を実行に移したい衝動に駆られたが、オデッサは電話で伝えたくなかった。あまりに重要なことだから。「ええ、それだけよ」今はね。

オデッサはアレスが電話を切るものと思ったが、彼は続けて尋ねた。「元気なのか？」

いいえ、あなたがいなくて寂しくてたまらない。

「元気よ」オデッサは答えた。「赤ちゃんも。近いうちに会いましょう」

その意味を問いただされる前にオデッサは電話を切った。

すぐに行動に移そうと、立ちあがって書斎を出た。セルジオスがドアの外に立っていた。老人が探るような視線をこちらに向ける。

オデッサは義父のまなざしに応えて言った。「手配がつきしだいここを発《た》つわ」

「行き先は……？」

「この時期のアブダビはすばらしいという話よ」

セルジオスが賛意をこめてほほえみ、力強くオデッサの手を握った。「いいね、かわいい子《ミクロス》。それは名案だ」

10

銀色のパイピングが施された深いピーチ色のワンピースでは大きなおなかを隠せなかった。もっともオデッサには隠す気はなかった。それどころか、柔らかなシフォンに包まれた腹部に手をすべらせるのを楽しんでいた。

オデッサは淡いピーチ色の唇にぎこちない笑みを浮かべた。この先に待ち受けるものを思うと、どんなに深呼吸をしても息が整わない。

アブダビのオデッサ・タワーのグランドオープンと結婚生活を同時にうまくいかせようとするのがいいことなのかどうか、オデッサは確信が持てなかった。この四週間はあわただしく、アレスは十分でも話をしようとする彼女に抵抗していた。

アレスが衣装部屋のドア口にいる気配を感じた。緊張のあまり、オデッサはすぐに振り向かなかった。まず気持ちを落ち着かせ、自分たち二人にチャンスを与えるよう説得する手立てを考え出そうとした。

もし彼がノーと言ったら……？

動悸《どうき》が激しくなったが、急いで静めた。

もしノーと言われたら、弁護士と会って子供のために戦うという最初の計画に戻るしかない。

しかし、オデッサは全身全霊で彼がそうしないことを願った。

オデッサは輝いて見えた。

まるで、むさぼってほしいと言わんばかりのおいしそうな桃だ。自分の妻が妊娠するまで、妊婦に起こる変化を気に留めたことのなかったアレスは、この数カ月間、驚きの連続だった。オデッサのつわりがひどかったときは、自分も胃が痛くなった。そして、彼女の体が変化していくのを目の当たりにして衝撃を受けた。

妊娠しているオデッサはセクシーだった。

今、オデッサの目には決意が浮かんでいる。過去の痛みにいまだにとらわれているアレスは不信感をぬぐえず、そのせいで彼女を傷つけ、結婚生活を破綻させかけていた。だが、決着をつけるときが迫っているのは自覚していた。

スタイリストは妊娠八カ月になるオデッサをピーチ色の装いで完璧に見せていた。ワンピースの銀色のアクセントが美しい瞳を引きたて、身頃が豊かな胸を包みこんでいる。

オデッサが姿見から振り返ると、アレスはひそかにうめき声をもらした。ドア枠に寄りかかっていた彼は背筋を伸ばし、オデッサが身支度の仕上げをするのを黙って見守った。

オデッサが銀のイヤリングを耳につけるのを見て、アレスは飢えた視線を優美な首筋にそそいだ。そこが彼女の敏感な部分だと思うと、体に興奮が渦巻いて下腹部が硬くなった。それをタキシードで隠すように体の向きを変え、視線をオデッサの胸から顔に移す。「そろそろ行こうか。準備はいいかい？」

オデッサの魅惑的な顔に赤みが差した。アレスはうめき声をのみこみ、部屋を横切って彼女の首筋を味わいたい衝動を抑えつけた。それだけですまないのはわかっている。

「ええ」オデッサが長いまつげを伏せ、銀色のクラッチバッグを取りあげた。そしてまた彼を見つめた。「私、大丈夫かしら？」そう言うと、笑って首を振った。「いいの。大丈夫に見えなくても、どうにかする暇はもうないわ」

アレスの喉から低い笑い声がもれた。「冗談だろう？　今夜、一番美しいのは君だよ」

オデッサの美しい目が大きく見開かれた。「ありがとう。あなたもそんなに悪くはないわよ」

妻の唇に浮かんだいたずらな微笑に、アレスは息が止まりそうになった。一瞬、父親に禁じられた場所に足を踏み入れた少女の記憶がよみがえった。オデッサはガレージで汚れることをいとわずにアレスやセルジオスと一緒に車を洗い……。

「アレス？」

アレスは我に返って腕を差し出した。オデッサがすべるように近づいてくる。ドレスの裾からのぞく銀色のパンプスの爪先さえもセクシーだ。

オデッサが発したあの言葉に心を揺さぶられて以来、アレスは彼女とベッドをともにしていなかった。妻に触れたくてたまらないのに、尻尾を巻いて逃げ出したのだ。

〝信じてほしいの、私を〟

僕は苦しんで当然なのだ。

アレスはオデッサと距離を置きながら、毎夜悶々《もんもん》としていた。そして、生まれて初めて父親を避けた。父親が息子の間違いを言葉や表情で伝えようとしたからだ。今朝は珍しく息子をばか呼ばわりした！

エレベーターに着くまで沈黙が続いた。ドアの前でオデッサが周囲を見まわした。「セルジオスは一緒に来ないの？」

「タワーを見物したいと言って一時間前に先に出たよ」

オデッサが探るような視線を向けた。「嘘《うそ》だと思っているのね？」

内心の動揺とは裏腹にアレスは口角を上げた。

「父は今週だけでタワーに二回、レストランに三回も行っているんだぞ」

オデッサがほほえみ、彼の息を奪った。「わくわくしているのよ」

「ああ。息子の嫁がタワーの内装を手がけたと、誰かれとなく自慢してまわっている」

オデッサが目を丸くした。「本当に？　でも、私がデザインしたのはほんの一部よ」

「父にとっては重要な一部なんだ。僕にとっても」

オデッサがアレスを見つめ、ごくりと唾をのみこんだ。アレスは彼女の喉を指でなぞりたくなり、拳を握った。

自分がどこかで道を間違えたことを、アレスは痛感した。過去に受けた屈辱にあまりに長い間こだわりすぎていたのだ。あれはオデッサのせいではなかったのに。ここ数カ月で彼女が僕の父親に示した気遣いと愛情には心を動かされた。離れていた間も彼女は僕の父親と僕のために祈った。妊娠してからは自分自身と生まれてくる子供のために健康に気をつけている……。

もし僕のせいでオデッサに何かあったら……。アレスはそれを恐れていた。僕は彼女にふさわしい男だろうか？

「アレス？」

アテネでヴィンチェンツォがオデッサをさらおうとしたときに一度だけ経験したパニックに陥りそうになり、アレスはかぶりを振った。ありがたいことに、あの一件は回避できた。だが、今後は？　僕は今度こそオデッサをしっかりつかまえておけるのだろうか？　それとも、十年前のように彼女は僕の手をすり抜けてしまう運命なのか？

アレスはオデッサを見おろし、迫りくる苦しみに備えようとした。もし失敗したら？

「何もかも大丈夫だ」彼は請け合った。

僕は事態を収拾できる。そうだろう？

三年間かけて構想を練りあげたタワーに続くレッドカーペットの前に車が止まると、アレスは外に出た。カメラのフラッシュを無視してオデッサが降りるのに手を貸す。

アレスはアブダビの街にある多くの見事な建物の中でも目立つようなユニークなデザインを求めていた。その結果、期待をはるかに上回るものができあがった。コンクリートで固められた高台に設置され、水煙を上げる浅い池に囲まれた六十階建てのO字型のタワーには、同心円状に銀色に輝くリングが十個はめこまれていた。強力なスポットライトに下から照らされ、シルエットが夜空に美しく浮かびあがっている。池の小波《さざなみ》が反射して建物全体がきらめき、まるでゆらゆらと動いているように見えた。

隣にいる女性とどこか似ている。

アレスは銀色をタワーの基調色にしたとき、自分の潜在意識をよく理解していなかった。だが、彼のすることはすべて、なんらかの形でオデッサの影響を受けていた。

オデッサは重要な存在ではないと自らを欺くのをやめるときだった。彼女に求めるのは、子供を産んでくれることだけだと自らを欺くのを。

信じる心を持つべきときだ。

「息をのむ美しさね」オデッサが低くかすれた声で言った。

おそらくアレスだけに聞こえるように発せられた言葉ではなかったのだろうが、彼はそうであってほしいと願わずにはいられなかった。

「ああ、そのとおりだ」彼はうなずいた。

別のカメラのフラッシュがオデッサの視線をタワーから引き離した。アレスはじゃまが入ったことにいらだつと同時に、彼女が手放しで賛美するタワーに嫉妬を覚えた。

彼はオデッサに自分を見てほしかった。

中東や世界じゅうの有力者が招待されているこのオープニングパーティを早く終わらせたかった。

パーティの間じゅう、アレスは焦燥感に駆られていたが、なんとか抑えた。オデッサは設計チームとともにすばらしい仕事をしたのだ。内装に対する賛辞を聞き、頬を染める彼女を見つめながら、アレスの胸は誇らしさでいっぱいになった。

僕の妻。

自分の子供を身ごもった女性としてではなく、かつて一緒に人生を歩むことを夢見ていた女性として彼女を考えたとき、アレスの中で何かが揺れ動き、やがて落ち着いた。

信じる心を持て。

そうだ。

その四時間後、アレスは再びオデッサと腕をからませ、妊婦には休息が必要だと言い張った。

「心配してくれてありがとう」オデッサがつぶやいた。「足が痛いし、背中がコンクリートみたいにがちがち」

アレスは妻を伴ってタワーのエレベーターに乗りこみ、〝オデッサ・ペントハウス〟と記されたボタンを押した。

「それなら、ここで一泊して明日帰ろう。オデッサ・タワーで一夜を明かすのは、僕たちが初めてだ」わきあがる興奮のせいで声がかすれたが、アレスは気にしなかった。オデッサはとてつもなく魅惑的で、彼の渇望はどうにもならないレベルにまで達していた。

ペントハウスに足を踏み入れるのは安堵《あんど》でもあり、拷問でもあった。ほっとしたのは少し考える余裕ができたからであり、つらいのはこれからの一時間がどうなるか不安だったからだ。

二人はキャラメル色と銀色と金色で統一された広々とした豪華な居間に足を踏み入れた。

「花火のことを忘れてたわ!」オデッサが叫んだ。

うめき声を抑えながらアレスはリカーキャビネットに向かい、ノンアルコールのシャンパンをグラスについだ。そして、床から天井まである窓の前に立ったオデッサにグラスを手渡した。

オデッサは大胆にも、アレスが間違っていることを証明すると言った。彼が契約を後悔していることを。実際、彼は今、後悔していた。本当の家族になるにはもう遅すぎるだろうか？

ひときわ鮮やかな花火にオデッサが息をのみ、目を輝かせても、アレスの胃の痛みはやわらがなかった。これからもずっと、こういう大切な瞬間を妻とともに味わいたい。

「飲まないの？」オデッサが尋ねた。

アレスはうなずいた。「乾杯なら今夜はもう十分した」

オデッサが眉を上げた。「次のプロジェクトに取りかかりたくてうずうずしているのね？」声のわずかな震えから、彼女が二人の間の緊張を感じ取っているとわかった。

「まあね」胃の痛みを感じながらも、アレスは軽い口調で答えた。これは僕にとって今までで最も重要なプロジェクトになるだろう。

オデッサがグラスを下ろし、わずかに目を陰らせた。

「どうしたんだい？」

顔をしかめたオデッサが片手を後ろに伸ばして背中をマッサージした。「ありえないとわかっているんだけど、夕食から今までの間に子供の体重がまた五百グラムくらいふえた気がするの」

アレスはオデッサからグラスを取りあげると、タキシードの上着を脱いで彼女の前に膝をついた。

オデッサが目を見開いた。「何をしているの？」

アレスはオデッサの足首を軽くつかみ、靴を脱がせた。「君のストレスを軽くするんだ」

オデッサが口を開いたが、抗議することはなく、片手を窓ガラスに、もう一方の手を彼の肩に置いた。

「ありがとう」

アレスはもう一方の靴を脱がせて脇に置くと、両手でオデッサのふくらはぎをマッサージした。彼女のかすれたうめき声に、体が反応した。

アレスはオデッサの痛みをやわらげる以上のことをしたかった。二人の未来を思い描くのを自分に許した今、無限のシナリオが頭に浮かんでいた。喪失と拒絶の痛みは、より深い感情によって克服されるのではないか？

たとえば愛によって。

魂が震えるような感情はいつもアレスの心にまとわりつき、決して消えることはなかった。どんなに追い払いたくても、この女性にはそういう感情をそそぐ価値はない、彼女はかつての心の痛みを思い出させるだけだといくら自分を納得させても無駄だった。

アレスは今、オデッサを厳しく非難したことを恥じていた。母親の冷酷な行為が忘れられないせいで彼女を誤解し、自分たちが手に入れられたかもしれないものを手放してしまったのだ。

オデッサの引きしまったふくらはぎをもみつづけると、彼女が頭が後ろを倒した。「ああ、気持ちいい」

そのささやきが、このところ眠っていたアレスの欲望に火をつけた。我を忘れる前に彼は携帯電話を取り出し、片手でマッサージを続けながら必要な指示を打ちこんだ。

数分後、聞き覚えのある声が内蔵スピーカーから流れた。〝アレス、お風呂の準備ができました〟

オデッサの視線がアレスにそそがれ、美しい目が驚きに大きく見開かれた。「今のって私の声？」

アレスは携帯電話をポケットに戻した。「ペントハウスのＡＩに君の声をプログラムしたんだ」そう言って立ちあがると、オデッサを抱きあげた。

オデッサの目がさらに大きく見開かれた。「タワー全体にではないんでしょう？」

息をのむほど豪華なバスルームに足を踏み入れたアレスは首を横に振った。「ああ、このペントハウスだけだ。それならいいだろう？」

オデッサがまつげを伏せたが、アレスは彼女の呼吸の変化に気づいていた。そして、六人がゆうに入れるほど広いバスタブの横で立ちどまった。

効果的に設置された照明がオデッサの完璧さを際立たせていた。ワンピースを脱がせるとブラジャーはつけておらず、アレスにショーツを取り去られた彼女はまるで女神のようだった。

「君はアフロディーテそのものだ」彼はささやいた。

そして僕のものだ。アレスは二人の新婚初夜にそう言ったことを覚えていた。あのときは支配欲から発した言葉だったが、今は懇願に近かった。彼は胸の中に芽生えた希望を現実のものにする決意を固めていた。なぜなら、自分のすべてが、自分の成し遂げたすべてのことが、オデッサなしではむなしいと気づいたからだ。

アレスは香り高い湯をちらりと見た。「一人で入るかい？　それとも一緒に？」

息をのむほど美しい銀色の瞳がじっと彼を見つめた。「一緒に」

その言葉がオデッサの口からささやかれると、アレスは服を脱ぎ、彼女をバスタブに横たえて、湯から出ている肌にキスの雨を降らせながら体を洗った。

ふくらんだおなかに手をやったとき、子供が動いているのを感じた。

「この子はこれが好きみたい」オデッサがため息をつき、官能的な唇に笑みを浮かべた。

「そうだろうな。温かくて幸せなんだ」

オデッサの目が探るようにアレスを見た。そこには警戒心がうかがえたが、彼女はアレスの顎を両手で包んで言った。「アレス、私たちにチャンスをちようだい」

　全身の細胞が恐怖に震えてもおかしくなかったが、アレスはその懇願を受け入れた。彼自身、あまりにも長くそうしたいと望んできたのだから。

　新たな出発はうまくいくだろう。

　アレスは妻をバスタブから抱きあげ、貪欲にキスをしながらベッドへと急ぎ足で向かった。

「アレス！　私は濡《ぬ》れているのよ」エンペラーサイズのベッドに寝かせると、オデッサが抗議した。

　アレスは男ならではの満足感を覚え、にやりとした。「ああ。これからもっと濡れることになる」

　予想どおり、オデッサの頬が真っ赤になり、アレスはこれを一生見たいと思った。

　明日だ。彼は心の中で自分に誓った。この野蛮な飢えを癒やししだい、計画に着手するのだ。

「君は魔女だ」

「さっきは女神だって言ったくせに」

「どちらも同じように魅惑的だ」

　それが二人の最後に交わした言葉だった。


「起きてくれ、お寝坊さん」

　オデッサはなんとか目を開けようとした。温かい指に頭皮をやさしくマッサージされ、あまりの心地よさに口からうめき声がもれた。

「このまま続けたいが、飛行機が着陸した」やさしいキスが彼女のこめかみをかすめた。「アテネの家に帰ったら、全身をマッサージしてあげよう」

「約束よ？」

「ああ」

　オデッサは目を開け、まっすぐにアレスを見つめた。彼の髪はセクシーに乱れ、目には鋭い光がたたえられている。「どれくらい眠っていたの？」

「ゆうべのこと？　それとも飛行機に乗ってからのことかい？」アレスがからかった。

オデッサは眉を上げた。「あなたが私を疲れさせたのよ」

アレスが一瞬目を閉じるのを見て、オデッサはわずかに緊張した。昨日バスルームで彼にチャンスを懇願してから胸に巣くっていた不安が肌をざわつかせる。アレスとの間に新たな何かが生まれつつあるのを感じたのに、情熱を交わしたあとすぐに眠りに落ち、今朝は寝坊して、飛行機でも寝てしまった。

オデッサはもうこれ以上先延ばしにできなかった。「家に帰ったら話せる?」

アレスがうなずいた。「ああ、いくつか解決しなければならないことがある」

緊張が高まったが、オデッサはうなずいた。

「美しい人《カロス》」アレスがささやき、彼女を抱きあげた。

オデッサは驚きながらも彼の首に腕を回した。

「自分で歩くつもりだったわ」

アレスがたくましい肩をすくめ、いたずらっぽくウインクをして寝室を出た。「このほうが早く移動できる」

その意見には同意できなかったが、パイロットと客室乗務員が二人の降機を待っているのに気づくと、アレスにしがみついて顔を隠した。こういう贅沢《ぜいたく》に慣れることはないだろうが、この先何十年も彼と一緒にいられるチャンスが与えられるのであれば、それに耐えられるようになろうとオデッサは思った。

やがて二人はアテネの自宅に着いた。大理石張りの玄関に足を踏み入れたとき、セルジオスとどことなく見覚えのある男性が居間から出てきた。それがビデオ電話で話した弁護士だと気づくと、オデッサはパニックに陥った。「ミスター・ゲオルギュー、ここで何をしているんです?」

アレスが体をこわばらせた。「この男性を知っているのか?」

セルジオスの顔に刻まれた失望を見て取り、オデッサは胸が締めつけられた。

アレスもすぐに父親の表情を読み取ったのがわかった。「どういうことだ?」彼がオデッサの顔を見すえて言った。

「二人だけで話せる?」

アレスは小柄な男性を一瞥《いちべつ》した。ここにいるのは大きな間違いだと言わんばかりだ。「あなたが誰なのか、僕の妻に何を望んでいるのか、教えてくれ」

男性が申し訳なさそうな表情をオデッサに向けてから自己紹介をした。「あなたの奥さまの弁護士です。昨日面会の約束をしていたのですが、奥さまがいらっしゃらなかったので、ここにうかがってみたのです」

オデッサははっとした。数週間前に約束したのをすっかり忘れていたのだ。

アレスが血相を変えて彼女に詰め寄った。「いつから相談していた?」

オデッサは唾をのみこんだ。おなかの子がその瞬間を狙って強く蹴ったので、腹部に手を当てる。

「しばらく前から」

セルジオスの表情が硬くなり、アレスが大きく息を吸いこんで弁護士に言った。「ここから出ていけ。今すぐ」

弁護士が早口で謝罪の言葉をつぶやき、玄関のドアから飛び出していった。唇を引き結んだ家政婦が彼の後ろでドアをしっかり閉めた。

アレスの目には非難と痛みが入りまじっていた。

「君が話したかったのはこのことか」

オデッサは激しく首を振った。「いいえ――」

アレスは手を上げてさえぎると、父親と使用人たちにすばやく指示を出した。セルジオスが物言いたげな目でオデッサを見てから歩み去り、使用人たちもそそくさとあとに続いた。

11

残された二人の間に苦い沈黙が流れた。

アレスが無言で書斎に向かって歩きだすと、オデッサはゆっくりとした足取りで後を追った。たった二分で人生の景色が一変してしまったことに混乱していた。ただ、決してあきらめるつもりはなかった。

既視感《デジャ・ビュ》に襲われながら書斎に入ると、アレスは炉棚の前を行ったり来たりしていた。

「弁護士に相談していたとはな」彼の声は氷のように冷たかった。「なぜそんなことができたのかききたい。いや、それより、僕がなぜ君は変わったと思ったのかと自問すべきだな」

オデッサは怒りに駆られ、背筋をこわばらせた。

「それは、あなたも心の底では私を信じて――」

アレスがドアに向かって横柄に手を振った。「信じかけていた僕が愚かだったことを、さっき君が証明したんだ。私を信じてほしいだって？」嘲るその声には苦悩に似たものがにじんでいた。

「あなたがそういう態度だから弁護士に相談したんだとは思わない？　あなただって私の立場だったら同じことをしたはずよ」オデッサは言葉を切り、かぶりを振った。「弁護士との面会はキャンセルするつもりだったわ。考えが変わったから」

「いつだ？」アレスが詰問し、彼女が話す前に首を振った。「答えなくていい。証拠をつかまれたからそんなことを言っているだけだろう」

オデッサは絶望にとらわれた。「二人でうまくやれそうだと思ったのに、その希望を打ち砕くのね」

アレスが頭を振りあげ、荒々しい感情をむき出しにした。「希望を語るとは、いい度胸だな！」

「子供の人生に関わらせないと言われて、私にどんな希望があったというの？　それでも、私は希望にしがみつきつづけた。あなたの言うことを黙って受け入れるつもりはなかったわ」

アレスが顎に力をこめた。「僕が間違っていると証明し、結婚生活を続けようと決心していたのなら、なぜ弁護士に相談する必要があったんだ？」

オデッサは信じられない思いでため息をついた。

「私の大切なものを奪うつもりでいるあなたにそんなことを言う権利があるの？」

「君は、君を信じようとしたせいで僕がまたもや盲目になっていたと思い知らせたんだぞ」

オデッサは自分の心が無感覚になっているのを喜んだ。そうでなければ、アレスに信じてもらえないという事実に打ちひしがれていただろうし、もろい土台の上に成り立つ結婚が終わろうとしているのに耐えられなかっただろう。

だが、彼女は臆することなく顎を上げた。「信じてほしいとは言わないわ。信じるか信じないかはあなたしだいよ。でも、悪いことを何もしていないのに、ここにいて非難されるつもりはないわ」

アレスが辛辣に笑った。「どこへ行くんだ？」

オデッサは肩をすくめた。「あなたみたいに大金は持っていないけど、一、二週間ホテルに泊まるくらいのお金はあるわ。あるいは橋の下で寝たっていい。あなたがいないところならどこでもいいわ」

その言葉を口にするのはつらかった。だが、オデッサには心の傷を癒やす時間が必要だった。

「オデッサ――」

「お互いもう何も話すことはないはずよ。私を訴えるなら、弁護士に連絡して」それは嘘《うそ》だった。オデッサは弁護士を解雇するつもりだった。

「話はまだ終わっていない」アレスがすぐ後ろで言った。

ドアノブに手をかけていたオデッサは、振り返ってアレスの姿をもう一度見たい衝動に駆られたが、歯を食いしばってなんとかこらえた。

「私に触れたら、大声を出すわよ」

アレスの深い吐息が聞こえ、オデッサは思わず笑いそうになった。賭けてもいいが、彼は女性にそんなことを言われた経験が一度もないに違いない。

それに、ここまでひどく女性の心を打ち砕いた経験もないはずだ。

書斎から出ると安堵《あんど》感は消え去り、廊下を半分ほど進んだところで現実が襲いかかってきた。私はアレスから、結婚生活から遠ざかっている……。胸が引き裂かれそうで、息ができなかった。

足がもつれ、オデッサは壁に手をついた。

そのときがっしりした手に腕をつかまれたが、それはオデッサが切望していた手ではなかった。やましいことは何もないと自分に言い聞かせ、彼女はおずおずと義父と目を合わせた。

「私は決して……そんなつもりでは……」声がかすれ、目に涙がにじんだ。

セルジオスの目には温かさが戻っていた。「わかっているよ」老人が書斎のほうに目をやった。「息子の鼻をへし折るのと、自分の間違いに気づかせるのは別のことだ。辛抱強く説得してくれ」

オデッサは胸が締めつけられた。「彼に通じるとは思えないわ」

セルジオスのほほえみは悲しげだったが、オデッサの手を握る手は相変わらず力強かった。老人は廊下のところどころに置かれた椅子に彼女を促し、揺るぎないまなざしで言った。「君を信じている」

オデッサは立ち去るセルジオスを見送りながら、自分に重荷を託した義父を恨みたくなった。廊下の向かい側の窓から日差しが降りそそいでいる。自分の世界が闇に包まれているのにまぶしく照りつける太陽がいとわしかった。それでも目を閉じ、気持ちを強く持とうとしていると、書斎のドアが開き、急いで廊下へ出てくる足音が聞こえた。

アレスも自分の言い分を最後まで伝えていなかったらしい。よくも悪くも、この件はきっぱりと決着をつける必要がある。

足音が止まると、オデッサは目を開けた。やつれた顔のアレスがこちらを見つめていた。

彼はみじめそうで、怯《おび》えているようにさえ見えた。

「オデッサ――」

オデッサは勇気がなえる前に手を上げてさえぎった。「一度しか言わないわ、アレス。あなたが私の愛を求めていないのはわかっている。でも、私から子供を奪うほどあなたは利己的なの？　子供になぜたまにしか母親に会えないのかときかれたら、どう答えるつもり？　母親が一緒にいたがらないからだと子供の目を見て言える？　それとも、心を開くのが怖くて、私にも閉ざしていると認めるの？」

アレスの目に浮かんでいた強い不信感がショックと困惑に取って代わられた。「僕が君の愛を求めていないだって？」

オデッサは膝の上で拳を握り、呼吸を整えた。「ええ、そうよ。父の葬儀に現れて以来、あなたは私に心を開こうとしなかった。ザンジバル島ではとくにそうだったわ」

アレスが笑った。その辛辣な響きは彼女の神経の隅々にまで震えを走らせた。「あれは……好きな女の子の髪を引っぱって注意を引くような子供じみたふるまいだった」

「そのとおりだわ」オデッサは食いしばった歯の間から言った。「あなたのせいで私の人生は大混乱に陥っている。あなたは気にも留めていないかもしれないけれど――」

「違う！」

アレスの口調の激しさにオデッサは息をのんだ。

「どういう意味?」

「君を気にも留めていないなどとは一瞬たりとも思わないでくれ。君と出会ってからというもの、僕の頭はずっと君のことでいっぱいだった。昼も夜も君のことが頭から離れない。君がどう思うかを考えずに決断することはできなくなった。僕が手に入れたもの、僕が建てたものを見れば、どこかしらに君の影響が見て取れるだろう」

オデッサの中の何かが大きく揺さぶられた。数週間前、アブダビのタワーの名称を知ったとき、自分が正しかったと確信したはず。

でも、そうではなかった……いえ、正しかったの?

「十年前、アルゲーロを去ってから何カ月も、僕は死んだも同然だった」

オデッサは目を見開いたが、彼の口調に苦々しさを聞き取り、高揚感がしぼんだ。「あなたにつらい思いをさせてごめんなさい」

アレスの手が空を切った。「君は僕の生きる糧だ。僕の血管を流れる血だ。君なしでは息もできない。なのに僕が君を愛していないと思うのか?」

「ストロンツォ! 私は超能力者じゃないのよ。あなたの心は読めないわ」

今度はアレスが目を見開いた。「今、僕のことをろくでなし《ストロンツォ》って言ったかい?」

オデッサは立ちあがり、彼をにらみつけた。「そうよ! あなたにふさわしいから。かつて私たちが夢見た家族をいずれ奪われるとわかって、どうやってあなたに愛されていると知れというの?」

アレスの顔が苦悶《くもん》と恥辱でゆがんだ。「昔の君の拒絶が忘れられなかったんだ。それで、すでに君のものだった心を守る必要があると思った。君が子供に関する条件を猛然と拒んだとき、僕は歓迎したよ。

君は子供のために戦いつづけ、家族のそばから離れないだろうから」

「つまり……あなたは私の愛と献身を試すために、そして私を引きとめるために、私の心を引き裂くようなまねをしたっていうの？」

アレスは数秒間、険しい表情でオデッサを見つめ、それから書斎に向かって歩きだした。オデッサが反発を覚えながらも好奇心に駆られて後を追うと、アレスは書類を手に振り返り、彼女に突きつけた。

オデッサは書類を受け取ったが、アレスの顔から目を離さなかった。「これは何？　今すぐ教えて」

アレスの顔にパニックに似た表情が浮かんだ。

「その書類は僕たちの契約の条件を変えるものだ」

「どう変えるの？」

「僕たちの結婚に期限はない。君は今すぐ出ていってもいいし……ずっととどまってもいい。君しだいで……」アレスが言葉を切り、深く息を吸いこんだ。

状況が違えば、オデッサは弱さをさらけ出した彼の姿に唖然《あぜん》としたかもしれない。

しかし今は、この話し合いがどうなるか知りたかった。心の奥底には希望が芽生えていたものの、それにしがみつくつもりはなかった。まだ。

「それに僕が単独親権を求めることもない。子供が生まれたあとで君が出ていくと決めても、その子の人生には自由に関われる」

オデッサは喉にこみあげた塊をのみこんだ。「子供が生まれたあとで出ていってもいいというの？もし私がその子を連れていくと決めたら？」

子供という言葉を発するたびにアレスの目が輝き、そこに愛がきらめくのにオデッサは気づいた。だが、それに心を揺さぶられまいとした。

まだだめよ。

「ああ」アレスが断言した。「なんでも君が望むようにしていい。子供の人生に僕が関わるのを拒まない限りは」彼の顔が苦しげにゆがんだ。「それには耐えられない」

オデッサもそうだった。彼女は震える指で書類を握りしめた。「つまり、あなたは私に相談もせず、自分の要求に関する条件をすべて変更したということ？」

「オデッサ――」

「私は、かつて私たち二人が子供のために望んでいたような母親になりたいの」

髪をかきあげるアレスの手は震えていた。「僕はそう願うのが怖かったんだ。父と自分が経験したことを思うと……」彼は口ごもり、大きく息を吐いた。「また同じような目にあうかもしれないというわずかな可能性さえつぶしておきたかった。いつか起こるかもしれないことを想定して自分の心を守る手段を講じるほうが楽に思えたんだよ」

痛みが胸を貫き、オデッサは書類を床に投げ捨てた。「私の父が私にどんなことをしたか知っているでしょう？　私が自分の子供に同じようなまねをすると思う？」

アレスが恥じ入るのがわかった。「思わない。ただ、武器になるのは残酷さだけじゃない。君を深く愛するようになったとき、僕は別の種類の恐怖を感じた。僕が君の望みよりも自分の目的を優先させたのに、なぜ君は僕を愛せたんだい？」そう言うと、目をきつく閉じ、頭を抱えた。彼らしくない絶望したようなしぐさに、オデッサは胸が苦しくなった。「僕はすべてをだいなしにしてしまったんだ」

オデッサは床に散った書類に視線を落とし、それからアレスの手を握った。「あなたは私に心を開くべきだった。感じていることをそのまま話してくれればよかったのよ。そうすれば、私の愛は昔からずっと変わらないと伝えたのに。十六歳のとき、私は恥ずかしくてはしばみ色の瞳をした少年とうまく話せなかった。十七歳になり、星空の下であなたと寝ころんだとき、それまでの人生で一番幸せなひとときだと思ったわ。あなたがさよならも言わずに去って、何カ月もベッドで泣いていたときでさえも、あなたを愛していた。そして今、私があなたを愛しているのは、あなたが私のたくさんの夢の一つをかなえてくれたからよ。あとは、私の最大の願いをかなえてくれるだけ。あなたと出会った瞬間から、そうなることを祈っていたの」

オデッサが話しはじめたときから、アレスはあんぐりと口を開けていた。今は目を丸くしてこちらを見つめている。

「ああ、オデッサ……」

「私を待たせないで、アレス。私の夢をかなえてほしいの。お願い」

アレスが前に踏み出し、オデッサを抱きしめた。

「僕は君にふさわしくない。だが、これからの人生を君と子供のために捧《ささ》げるよ。心から愛している、オデッサ。過去に僕たちの未来のじゃまをさせて、本当にすまなかった」そう言って、オデッサの額に自分の額を押し当てる。「僕はあやうく自分の恐怖心にのみこまれるところだったんだ」

オデッサは床の書類を示した。「あなたは私のために自分の望みを犠牲にする勇気があったのよ。それはとてもうれしいことだけど、私たちが離れ離れにならなくて本当によかった」

アレスがまた身震いした。「生きている限り、僕たちは一緒にいる。ずっと」

彼の固い誓いは熱いキスで封印され、オデッサの不安と誤解を一掃した。あとには希望と海のように深い愛だけが残った。

二人はキスを続け、熱烈な愛の言葉をささやき合った。

やがて満面に笑みを浮かべたセルジオスがドアロ

に現れた。「じゃましてすまないが、いったいどうなっているか話してくれないかね？」

そのとき、まだ生まれていない息子がアレスにもわかるほど力強く、幸せそうに、母親のおなかを蹴った。アレスの顔に畏敬の念があふれるのを見て、オデッサは笑いながらセルジオスに答えた。「めでたしめでたしよ」

セルジオスがその言葉に目を潤ませ、両手を広げて近づいてきた。オデッサを温かく抱きしめたあと、まだ口をきけないでいる息子の背中をたたくと、老人は二人を残して出ていった。

アレスはオデッサのおなかに手を当て、彼女の唇にもう一度キスをした。「愛しているよ、心から」

「愛している《サガポ》わ」オデッサは胸がいっぱいになりながら、同じ言葉をギリシア語で繰り返した。

エピローグ

三年後

「ミスター・ザネリス、二人目の赤ちゃんね。どんな気持ち？」オデッサは病室のベッドで夫に尋ねた。

部屋はオデッサの好きな黄色い薔薇《ばら》の花で埋めつくされ、ベッド脇には三歳になる息子パリスと自分たち夫婦の写真が飾られていた。

たった四時間前に二人目の子供を産んだばかりで、疲れきってはいるが光り輝く妻をアレスは見つめた。どうしてオデッサがいまだに世界一美しい女性でいられるのか、彼には理解できなかった。次に生まれたばかりの娘を見つめると、胸の奥が熱くなり、息ができなくなりかけた。

「少なくともあと二人は欲しいな」アレスは答えた。それから欲を出してつけ加えた。「可能なら、あと三人」

オデッサが笑い、十分前に彼がやさしく撫《な》でつけた髪をかきあげた。「愛する人《アガポ》、無理を言うのね」

「僕が欲張りなのは知っているだろう。僕の腕の中の眠れる美女と、父を涙が出るほど笑わせる小さないたずらっ子が、こんな宝物をもっと欲しいと思わせるんだ」

「きれいな子でしょう、二人とも？」オデッサが幸せそうにため息をついた。

亡き妹のソフィアにちなんで名づけると決めていた娘を見おろすと、アレスの喉に熱い塊がこみあげた。「二人とも君の美しい瞳を受け継いでいる」目を上げると、出会った瞬間に彼の心を揺さぶった銀色の瞳にでくわした。「君を見た瞬間から、君との子供が欲しかった。君と同じ瞳をした子供が」

「アレス」オデッサが名前をささやくと、アレスは吸い寄せられるようにベッドに近づいた。

そしてあいているほうの手で彼女の手を唇に引き寄せ、キスをした。「愛しているよ。ありがとう《エフハリスト》」

「エフハリスト」孫息子のぽっちゃりした頬にキスをしていたセルジオスも目を輝かせて言った。

アレスはかぶりを振り、父親のほうをちらりと見た。「父さんにも礼を言うよ。僕の未来はオデッサとともにあると気づかせて、僕をアルゲーロに連れ戻してくれたんだから」

父親がうなずいた。「結局、私たちはみんな幸せを手にしたんだな」

「そのとおりね」眠たげな美しい妻がつぶやき、ほほえんだ。「愛が私たちをもう一度結びつけてくれたんだわ」

ハーレクイン®

富豪の無慈悲な結婚条件

2024年12月20日発行

著　　者　マヤ・ブレイク
訳　　者　森　未朝(もり　みさ)

発 行 人　鈴木幸辰
発 行 所　株式会社ハーパーコリンズ・ジャパン
東京都千代田区大手町 1-5-1
電話 04-2951-2000(注文)
0570-008091(読者サービス係)

印刷・製本　大日本印刷株式会社
東京都新宿区市谷加賀町 1-1-1

ISBN978-4-596-71763-4 C0297

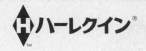

◆◆◆ ハーレクイン・シリーズ 12月20日刊 発売中

ハーレクイン・ロマンス

愛の激しさを知る

極上上司と秘密の恋人契約	キャシー・ウィリアムズ／飯塚あい 訳	R-3929
富豪の無慈悲な結婚条件 《純潔のシンデレラ》	マヤ・ブレイク／森　未朝 訳	R-3930
雨に濡れた天使 《伝説の名作選》	ジュリア・ジェイムズ／茅野久枝 訳	R-3931
アラビアンナイトの誘惑 《伝説の名作選》	アニー・ウエスト／槙　由子 訳	R-3932

ハーレクイン・イマージュ

ピュアな思いに満たされる

クリスマスの最後の願いごと	ティナ・ベケット／神鳥奈穂子 訳	I-2831
王子と孤独なシンデレラ 《至福の名作選》	クリスティン・リマー／宮崎亜美 訳	I-2832

ハーレクイン・マスターピース

世界に愛された作家たち
〜永久不滅の銘作コレクション〜

冬は恋の使者 《ベティ・ニールズ・コレクション》	ベティ・ニールズ／麦田あかり 訳	MP-108

ハーレクイン・プレゼンツ作家シリーズ別冊

魅惑のテーマが光る
極上セレクション

愛に怯えて	ヘレン・ビアンチン／高杉啓子 訳	PB-399

ハーレクイン・スペシャル・アンソロジー

小さな愛のドラマを花束にして…

雪の花のシンデレラ 《スター作家傑作選》	ノーラ・ロバーツ 他／中川礼子 他 訳	HPA-65

文庫サイズ作品のご案内

◆ハーレクイン文庫・・・・・・・・・・・・・・毎月1日刊行
◆ハーレクインSP文庫・・・・・・・・・・・毎月15日刊行
◆mirabooks・・・・・・・・・・・・・・・・・毎月15日刊行

※文庫コーナーでお求めください。